Franz Sommerer
Zauber der Vergangenheit

Franz Sommerer

Zauber der Vergangenheit

Glanz und Elend einer Epoche

Bibliografische Information der Deutschen Nationalbibliothek
Die Deutsche Nationalbibliothek verzeichnet diese Publikation
in der Deutschen Nationalbibliografie; detaillierte bibliografische
Daten sind im Internet über http://dnb.d-nb.de abrufbar.

© 2012 Franz Sommerer
Umschlagdesign, Satz, Herstellung und Verlag: Books on Demand
GmbH, Norderstedt
ISBN 978-3-8448-5523-4

Die Amsel kündigt den Morgen an. Ein Blick zum Himmel verrät Marquis Rocheau, herrlicher könnte der Tag nicht mehr beginnen. Doch was sind die Stunden des Tages gegen das, was er hofft, am Abend zu erleben. Mitunter bedarf es schon zu gewissen Festlichkeiten einer förmlichen Einladung. Befindet sich jedoch eine solche nicht unter seiner Post, erspart es ihm zwar das Suchen nach einem passenden Geschenk, doch dafür muss er sich selbst auf die Reise begeben. Anderweitig, so seine Vorstellung, findet sich immer etwas, was dann den Abend zu dem werden lässt, was reizvoller nicht mehr sein kann. Ob sich darüber hinaus noch anderes findet, wozu es sich lohnt. Wer weiß?

Nicht immer gelingt es, das richtige Herz zu erobern, um die Lust ausleben zu können. Vorrangig aber zählt hier die Verschwiegenheit. Es gibt kaum noch bezaubernde Weiblichkeit ohne Anhang. Alles, was das Herz begehrt, und womit man sich gerne in der Öffentlichkeit präsentieren möchte, ist bereits in sicherer Obhut. Diese, und sei es auch nur für einen kurzen Spaziergang, zu entführen, ist schier aussichtslos. Nicht immer ist es die Etikette, die sich ihm in den Weg stellt. Die Eifersucht ihrer Götter, wie die holde Weiblichkeit ihre männlichen Beschützer zu nennen pflegen, lassen kein Auge von ihnen. Wer lässt auch schon, und noch dazu Fremde, an solch außergewöhnlichem Nektar naschen. Geschieht es dennoch, reicht schon der kleinste Zwist aus, um Verbotenes ans Licht zu bringen. Meistens dann auch noch mit der Bemerkung ihr gegenüber: »Du verschwendest deine Blicke nicht mehr allein nur für mich. Ich gestehe,

Aufmerksamkeit wird dir überall zuteil, doch lasse es damit genug sein.« Dies muss noch lange nicht bedeuten, dass Unverzeihliches schon stattgefunden haben muss. Nur die Psyche dieser stolzen Begleiter gerät eben schnell aus den Fugen. Wozu sie dann in ihrer Eifersucht neuen Eroberern gegenüber fähig sind, solches herauszufinden, sollte nur noch das allerletzte Mittel sein, wenn nichts anderes mehr fruchtet.

Das bevorzugte Revier vom Marquis Rocheau, wenn es nicht alleine darum geht, der Langeweile zu entfliehen, sind Vergnügungen mit Maskenzwang. Zu diesem Zweck führt der Marquis ständig einige in seiner Kutsche mit sich. Geselligkeiten dieser Art haftet nur der Nachteil an, da niemand weiß, wer sich hinter der Maske verbirgt, erfordert dies ein äußerst behutsames Vorgehen, um in Erfahrung zu bringen, welche Spielart die augenblicklich Auserwählte bevorzugt. Wer gibt sich schon gerne eine Blöße. Nicht immer bleibt eine unangemessene Frage nur ohne Antwort. Allein zurückgelassen ist für alle Anwesenden mehr als deutlich. Eine so deutliche Deplacierung spricht mehr als Worte. Diese Herabwürdigung ist dann nur schwer zu verkraften. Bisher ist es ihm, der sich doch liebend gerne mit der holden Weiblichkeit umgibt, erspart geblieben. War auch für ihn nicht jede Pirsch vom Erfolg gekrönt, doch aufgeschoben ist nicht aufgehoben. Schönheit und Anmut zu verströmen, das ist ihm als Mann ohnehin nicht gegeben. Bedarf es dessen auch? Ist denn nicht das andere, was man schlicht Vermögen nennt, weitaus bedeutender? Von seinem Standpunkt aus gesehen schon. Um aber gerade ihre Schönheit und Anmut zur Beständigkeit werden zu lassen, bedarf es eben dessen, was er zu bieten hat. Herz und Verstand werden ohnehin unterschiedlich gehandhabt. Was aber keineswegs Sorgenfalten hervorrufen dürfte. Der Status, den der Einzelne vertritt, überwiegt. Je zahlreicher das Gefolge, desto höher das Ansehen. Mit ihr einhergehend, die Aufmerksamkeit. Das Wappen an der Kutsche muss zum Blickfang werden. Je aufwendiger sich dieses ausnimmt, umso mehr sagt es über den eigentlichen Besitzer aus. Ihm als Marquis mangelt es nicht daran.

Nur dies alles zählt heute nicht. Die Anonymität steht im Vordergrund. Geht es auch darum, andere mit daran teilhaben zu lassen, so muss diese nicht unangebracht sein. Der Erfüllung allem, ist der größere Vorzug zu geben. Bleibt diese aus, ist ein wertvoller Tag Lebens verloren. Ebenso verhält es sich damit, was sich als lohnenswert anbietet. Dies ist nicht alleine ausschlaggebend für das andere Wesen. Vielmehr hat es damit zu tun, die Möglichkeit, Derartiges zu finden, muss erst einmal aufgetan sein. Ein guter Ruf zählt in der Abrechnung mehr als das, was in der Schatulle vorhanden ist. Jeglicher Versuch, Verlorenes gewaltsam zurückzugewinnen, mag ein solcher auch nicht aussichtslos bleiben, weiterhin als Makel loszuzählen, kann er dann ebenso zur Vergangenheit zählen. Dazu reicht schon der Hauch eines Schimmers aus. Andere Machenschaften jedoch, die zur Vermehrung des Wohlstandes mit beitragen, findet niemand erwähnenswert. Auch wenn es Gleichgesinnte trifft. Nur die Verunglimpfung der Etikette bleibt unverzeihlich. Geschieht dies doch vor aller Augen. Während das andere im Verborgenen gehalten wird. Jeder versucht daher zu verschleiern, wo es nur geht. Die Nutznießer ihrerseits hegen kein Interesse daran, zu ihren Schandtaten zu stehen, und diese öffentlich kundzutun. Den Teufel wird er tun, er Rocheau, um in aller Öffentlichkeit gedemütigt zu werden. Auch wenn langsam seine Geduld schwindet, doch noch ein rauschendes Fest mit seiner Person beehren zu dürfen.

Landauf, landab führt ihn nun schon sein Weg. Viele verborgene Winkel nahm sein Kutscher schon in Augenschein. Passendes fand sich bisher nicht. Wo immer der Marquis auch Einlass finden möge, ein geeignetes Gewand für jede Gelegenheit hält sein Koffer bereit. Er weiß sich so jeder Festlichkeit ausgerüstet, um auch dementsprechend auftreten zu können.

Fällt er ab in tiefste Niederungen? An Schönheiten mangelt es auch dort nicht. Es könnte sogar sein, dass diese leichter zugänglich wären als jene seiner Dynastie. Genüsslicher Zeitvertreib. Zu mehr wird es nicht führen. Eine solche Schönheit in seine Kreise einzuführen, und dann auch noch zum gleichen Stand zu erheben, dazu kann es nicht kommen. Nur dies dennoch soweit von sich zu weisen, wagt er trotzdem nicht. Diese Gattung Mensch, wie er sie einordnet, hat durchaus ihren Reiz. Solange ihre Vergangenheit nicht ruchbar wird, könnte es schon denkbar sein. Befürchtungen jedoch, dass es sich nicht auf alle Zeit verheimlichen lässt, würden immer wie ein Damoklesschwert über ihm schweben. Wenn, dann muss es ohne Folgen bleiben. Ansonsten, weiter zu denken wagt er nicht.

Wird sein Ausflug, von dem er sich so viel versprach, doch zur Irrfahrt?

›Gemach Rocheau. Die Nacht bricht noch nicht herein. Bis zum Morgengrauen kann noch viel geschehen.‹

Ob seine Exkursion erfolgreich war, entscheidet sich erst, wenn die Sonne das Land überflutet.

Was ihm bei seiner Reise durch ihre Gefilde auffällt, auch deren Fenster schmücken Blumen. Somit kann doch die Kluft, die sie trennt, nicht unüberwindbar sein. Das Problem, das sich ihm hier in den Weg stellt, lautet, an Festlichkeiten vermag hier wohl keiner zu denken. Allenfalls an höchsten religiösen Feiertagen. Nur wann trifft das zu? Des Weiteren sich nur deshalb hier niederzulassen, um dann auch noch eingehend in Augenschein genommen zu werden, wer dies wohl sein mag, danach steht ihm nicht der Sinn. So viele Stationen, an denen es sich lohnt, haltzumachen, lassen sich auch nicht finden. Den Rückweg deshalb früher anzutreten als gewünscht, kann nicht mehr aufgeschoben werden.

Ungehalten ruft Rocheau nach oben:

»Kutscher, schlag einen Umweg in heimatliche Gefilde ein. Halte dennoch Ausschau nach Lustbarkeiten.«

»Ausschau halten, Umweg einschlagen«, murmelt der Kutscher auf dem Bock vor sich hin. »Wie soll das aussehen?«

Auch ihm kann es nicht recht sein, wenn sein Herr unverrichteter Dinge seine Behausung wieder zu Gesicht bekommt. Was danach geschieht, kennt das Gesinde zur Genüge. Also Suchen.

Dann gab es doch so etwas wie einen kleinen Lichtstrahl. Das Chalet war kaum auszumachen. Schwer von außen her zu erkennen. Welche Hand hat das Gefährt geführt, dass sie gerade dieses Anwesen ansteuerten? Versteckt liegende Besitztümer sind keine Seltenheit. Dies hat nichts damit zu tun, dass ein solcher Besitz nicht vorzeigbar wäre, oder gar der Besitzer selbst besser daran täte, sich nicht der Öffentlichkeit zu präsentieren. Die Mühen des Alltags, hervorgerufen durch die aufreibende Tätigkeit, Querelen, die ihnen ihre Ämter, die sie zu begleiten haben, bescheren, lassen sich hier leichter vergessen machen. Doch dies ist nicht die Stunde, wo man sich Gedanken dieser Art hingeben sollte. Schon gar nicht, wenn es sich im Nachhinein dann doch anders darstellen sollte.

Vorrangig heißt es erst einmal zu erkunden, ob es hier um eine Allerweltsbelustigung geht, falls eine solche auch stattfindet, oder nicht doch vielleicht nur um erlauchte Gäste. Wie immer dies auch beschaffen sein mag, das Entree muss erst einmal geschafft sein. Was und wie viel an Aufwand hierfür von Nutzen ist, stellt für ihn kaum ein Hindernis dar, das nicht zu überwinden wäre. Wer immer sich die Ehre gibt, ein derartiges Fest zu inszenieren, wird wohl kaum vorbeifahrenden Gästen den Zutritt verwehren. Schließlich hat er ja einiges zu bieten, was wohl auch nicht unbeachtet bleiben dürfte. Dass er sich in zwielichtige Untiefen verirrt haben könnte, auch das scheint nicht der Fall zu sein. Zu gesittet nimmt sich das aus, was nach außen dringt. Zusammenkünfte der Entrechteten nehmen einen anderen Verlauf. Auch das gesamte Ambiente der Ansicht entspricht nicht dem der Armen. Unwohl wird ihm nur bei der Betrachtung seiner selbst. Wie sich in diesem Aufzug vorstellen? Einen Vergleich darüber anzustellen, wie er sich als Gastgeber verhalten würde, ist nicht möglich, da in seinem Hause solche Lustbarkeiten nicht stattfinden. An Ausreden, sollte jemand Zweifel an seiner Persönlichkeit haben, wie es ihm gelang gerade hierher zu finden, herrscht bei ihm kein Mangel.

Vorsichtig umrundet Rocheau das Chalet. Es ist nicht so einfach, die Größe hat es in sich. Erschrocken drehte sich Rocheau um, als sich hinter ihm eine Tür öffnet. Wie konnte er diese übersehen? Ein Mann in Livree beendet seinen Gedankengang.

»Sire, welcher Anlass bewog Sie, diesem Chalet einen Besuch abzustatten?«

Hätte der Lakai seine Frage nicht so ernsthaft vorgetragen, Rocheau wäre bestimmt nicht mehr aus dem Lachen herausgekommen. Schon aus diesem Grunde gebührt es, ebenso ernsthaft zu antworten.

»Sire, mein verehrter Herr, zu diesem Anspruch bin ich noch nicht aufgestiegen, und werde es wohl auch nicht.«

»Welches Anliegen bringt Sie gerade in diese Gegend? Vor allem wessen Standes ist Euer Hochwohlgeboren?«

»Meine Reise zeugt mehr von Abenteuerlichkeit, als dass sie zielgerichtet war. Da sich die Einladungen zu Soupers sparsam ausnehmen, beschloss ich der Eintönigkeit meines Chalets zu entfliehen.«

»Welchen Stand verkörpert Ihre Person?«

»Marquis.«

Bevor sich Rocheau in ein weiteres Gespräch verwickeln lässt, stellt er zuerst eine Frage.

»Ist es vermessen zu fragen, wer als Gastgeber dieser Festlichkeit verantwortlich zeichnet, des Weiteren ob es sich um eine ganz persönliche Angelegenheit handelt.

Sollte dies der Fall sein, so bitte ich mein Auftreten zu entschuldigen. Eine Einladung habe ich, wie sollte dies auch der Fall sein, da mich mein Weg zufällig hier vorbeiführt, selbstverständlich nicht vorzuweisen. Zu meinen Namen nur so viel: Rocheau. Ob die Bekanntgabe meines Standes vonnöten sei, obliegt nicht meiner Entscheidung.«

»Marquis Rocheau, vielleicht, vielleicht auch nicht. Es handelt sich bei dieser Festlichkeit um eine zwanglose Gesellschaft. Der Gastgeber ist ein Graf namens Cartalan.«

»Cartalan? Dieser Name sagt mir im Augenblick nichts.«

»Das mag wohl sein, Monseigneur. Graf Cartalan versucht, sich in der Gesellschaft der Bessergestellten zu etablieren. Darf ich Sie dennoch als Marquis Rocheau vorstellen?«

»Wenn es den Gastgeber in seinem Vorhaben einen Schritt näher bringt, und an mich keine unerfüllbaren Auflagen herangetragen werden, dann bitte ich darum.«

»Begleiten Sie mich, Marquis.«

Ehrfurchtsvoll öffnet der Diener die Tür. Laut gibt er von sich:

»Marquis Rocheau.«

Bei seinem Eintritt und dann auch noch nach der Namensnennung samt Stand wollten die Ahs und Ohs kein Ende nehmen. Es war eben doch keine so erlauchte Gesellschaft wie Rocheau eingangs vermutete. Wie dem auch sei, ihm kommt es gelegen. Entbehrt es doch wie sonst so üblich das Geeignete, um den Abend ausgefüllt zu verbringen, er hätte dies erst aussuchen müssen. Eine leichte Verlegenheit befällt ihn dennoch. Rocheau wiegelt daher auch gleich ab. Obgleich er doch zu diesem Zweck die Reise antrat.

»Aber, aber, ich bitte Sie. Dennoch danke für diese freundliche Aufnahme. Es geschieht nicht sehr oft, als ungeladener Gast eine derartig freundliche Anteilnahme erleben zu dürfen.«

Der Diener in Livree führt Rocheau zum Gastgeber. Fast bis zum Boden neigt er sich dabei, als er die Namen ausspricht. Dass er dabei nicht mit der Hand auf die betreffenden Personen weist, entspricht auch nicht der Etikette. Doch was macht das schon. Noch etwas nahm er vorweg. Den Willkommensgruß, den eigentlich Cartalan hätte aussprechen müssen.

»Graf Cartalan heißt Marquis Rocheau willkommen.«

Graf Cartalan, eine Persönlichkeit dieses Namens ebenso Titels ist bisher Rocheau nach wie vor unbekannt. Rocheau bringt es daher auch gleich zum Ausdruck.

»Graf Cartalan, wie konnte es geschehen, dass sich unsere Wege bisher noch nicht kreuzten?«

»Marquis, ich bin noch nicht lange in diesem Lande, es war mir daher kaum möglich dementsprechende Kontakte aufzunehmen.«

»Verehrter Graf, dem kann abgeholfen werden. Sie sehen es an mir. Unsere vergnügungssüchtige Gesellschaft lechzt geradezu nach festlichem Leben. Jeder durchforstet als Erstes seine Post nach Einladungen. Ob es nicht doch irgendwo etwas Wichtiges zu begießen gibt. Es muss nicht gleich in ein überlagertes Bankett ausarten.

In kleinen Kreisen lässt es sich besser kontaktieren. Diese großen Ansammlungen haben immer etwas Zwingendes an sich.«

»Wie wahr. Wie wahr, Marquis. Dabei sind die, die höher stehen, keine besseren Dünkel als jene, die unter ihnen stehen.«

Das Wort Dünkel überraschte Rocheau dann doch etwas. Er übergeht es. Noch weniger wäre angebracht, so Rocheau, schon jetzt in Erfahrung bringen zu wollen, wie Cartalan zu seinem Grafentitel kam. Der Möglichkeiten hierzu gibt es viele.

»Werter Graf, ich möchte mich für mein unangemeldetes Eindringen ergebenst entschuldigen.«

»Von einem Eindringen, Marquis, kann hier nicht die Rede sein. Mein Diener hatte die Güte, Sie mir vorzustellen. Damit ist den üblichen Gepflogenheiten Genüge getan. Dem Guten wäre es nur zu viel, wenn Sie, Marquis, von mir erwarten, dass ich Ihnen meine Gäste einzeln vorstelle.«

»Jegliches Ansinnen dieser Art, Graf, wäre völlig unangebracht. Jedem sollte es selbst überlassen bleiben, mit wem er sich zu beschäftigen gedenkt. Nicht jedes zwanglose Zusammentreffen sollte gleichgesetzt werden mit einer höfischen Zeremonie. In einen solchen Rahmen passen solche Lustbarkeiten ohnedies nicht. Hier pflichte ich Ihnen bei.«

Dem Grafen fällt bei so viel Wohlwollen eines Marquis ein Stein vom Herzen. Kennt er doch selbst die Namen seiner Gäste nur oberflächlich. Dieses Souper war eine spontane Entscheidung des Grafen. Aus diesem Grunde haben sich die Gäste, die nach Abwechslung sehnenden, wild zusammengefunden. Eine so große Vielschichtigkeit hat es in diesem Hause wohl noch nie gegeben. Zumindest kann sich Rocheau nicht daran erinnern, jemals hier gewesen zu sein. In all den Jahren, wo er solche Treffen aufsucht, gab es noch nie ein so gemischtes Publikum. Ihm kann es nur recht sein. Was hier geschieht, ist zwang- und pflichtlos. Jeder nimmt und gibt das, wozu er sich bereitfindet, und was geboten wird. Hier Fragen zu stellen könnte sehr rasch als Entwürdigung aufgefasst werden. Dann wäre der Einstieg verpasst, und all das Schöne zu Ende, bevor es so richtig begann. Welchen Zweck sollte das Ganze dann erfüllen? Das Einzige, woran Rocheau Anstoß nehmen könnte, auch für einen Grafen ziemt es sich nicht, sich in den Niederungen zu amüsieren. Die Echtheit seines Titels stellt Rocheau nicht in Zweifel. Vielleicht ist es dem Grafen nur nicht geläufig, dass Feste der Oberschicht in diesem Lande nur unter ihresgleichen stattzufinden haben. Wenngleich es dem gemeinen Volk, bis hin zu den Entrechteten nach Festlichkeiten gelüstet. Doch was soll's, Amüsement ist Amüsement. Alles Reizvolle lohnt es sich, zu Gemüte zu führen. Anderes rückt hier weit in den Hintergrund.

›Rocheau, schere dich nicht um das, was dich umgibt. Es sind nicht deine Gäste. Schweige und genieße. Du bist als Gast angenommen, benehme dich auch dementsprechend. Oder bist du etwa ausgezogen, einer Marquise den Hof zu machen? Gebe der Abwechslung den Vorzug.‹

Dies tat er dann auch ausgiebig. Angebracht wäre es dennoch, mit dem Grafen eine Plauderstunde anzuberaumen, um mehr über ihn zu erfahren. Nur dies sollte jetzt nicht seine Sorge sein. Darüber hinaus, in diesem Trubel, der hier herrscht, wäre es kaum möglich, ein vernünftiges Wort zu wechseln. Noch weniger Sorgen macht sich Rocheau um seinen Kutscher. Er versteht immer, das Richtige zu tun. Er weiß eben, worauf es ankommt. Zu einem Sittenverfall ist dieses hier auch nicht angetan. Auch wenn der Großteil der Anwesenden zu der untersten Schicht der Honoratioren zu zählen ist. Ihr Zugang zu den Mächtigen ist zwar begrenzt, doch es gibt ihn. Dass ihnen dennoch die Teilnahme an den großen Diners und Soupers verwehrt bleibt, versteht sich von selbst. Wie dem auch sei, ein Ventil zur Belustigung bedarf jeder. Er, Rocheau, hat auf niemanden Rücksicht zu nehmen. Sein Einfluss ist dort, wo er wichtig ist, immer gegeben. Sich mit anderem zu befassen obliegt jenen, die glauben, eine Notwendigkeit darin zu sehen.

Fortuna stand Rocheau dann doch noch zur Seite. Dieser Abend bescherte ihm mehr, als er zu finden wagte. Ob es zu weiteren Begegnungen kommen wird, Rocheau lässt dies wohlweislich offen.

Wurde es auch früher Nachmittag, bis sich die Gesellschaft auflöste, dennoch wollte Rocheau das Haus nicht verlassen, ohne Cartalan seine Aufwartung gemacht zu haben. Obgleich bei Rocheau Neugierde und Höflichkeitsfloskeln verpönt sind, hier fällt es mit dem anderen zusammen, sodass er nicht daran vorbeikommt. Allein schon der Name Cartalan ist nicht landesüblich. Herkunft und Abstammung sind ein wichtiger Bestandteil einer Grundlage auf ihrem Niveau. Falschheit ist nicht nur verwerflich, sie ist schlichtweg abscheulich. Wer in einen derartigen Skandal verwickelt ist, hat stets das

Nachsehen. Eine Rückkehr in alte Strukturen ist dann für alle Zeiten ausgeschlossen. Will jedoch Cartalan, und seine Schritte zielen darauf ab, in der gehobenen Gesellschaft Fuß fassen, kann dies nur mit echten Zertifikaten erreicht werden. Wer sich von Undurchsichtigem fernhält, gerät auch nie in Verlegenheit.

Viel war es nicht, was Cartalan vorzubringen hatte. An seiner Herkunft gab es nichts zu deuteln. Dies trägt wesentlich dazu bei, Cartalan weitere Türen zu öffnen. Anstoß nimmt Rocheau nur daran, warum sich Cartalan so weit ab von den Bourgeois angesiedelt hat.

»Verehrter Marquis, wohin hätte ich meine Schritte lenken sollen? Für mich stand nur dieser Ort zur Verfügung. Ich will auch nicht sagen, dass mir das Anwesen einfach so in den Schoß gefallen ist. Es bedurfte schon seiner Zeit. Dennoch bin ich nicht unzufrieden.«

»Das mag alles seine Richtigkeit haben, Graf. Doch soll etwas Zählbares herauskommen, ist ein Sichnäherrücken stets vorteilhafter. Es muss nicht gleich Weltbewegendes mit sich bringen. Um aber in die Kreise der Bourbonen zu gelangen, bedarf es nicht nur seiner Zeit. Auch ich habe bisher davon Abstand genommen, obgleich dies mir zustünde.«

»Gab es ernsthafte Bedenken hierzu, Marquis?«

»Als bedenklich stufe ich allein schon die Vorgaben der Bourbonen ein. Wer sich ihnen verschrieben hat, darf von ihrer Linie nie mehr abweichen. Er bleibt mit ihnen auf Gedeih und Verderb verbunden. Was ich persönlich weiterhin als unangenehm empfinde, sind ihre Diners. Avancen zu machen, um als galant zu gelten, ist auch nicht gerade meine Stärke. Daher befürworte ich es auch nicht. Gemeinhin Feste ohne ausreichend Galanterie gelten bei ihnen als anrüchig.«

»Auch mich bewog dies die Einsamkeit zu suchen, Marquis. Zuflucht dort zu finden, wo es gelingt, der Auffälligkeit zu entgehen. Es ist nicht so, dass ich solcher Gesellschaften überdrüssig wäre, ich bedarf ihrer. Andrerseits möchte ich auch nicht aufdringlich scheinen.«

»Aufdringlich oder nicht, Graf. Einladungen werden wohl kaum als solche empfunden. Lechzt doch gerade in einer Zeit des Friedens jeder nach anregender Unterhaltung. Zu beachten gilt es, nur die Reihenfolge einzuhalten. Alles Weitere ergibt sich dann schon. Was nicht zu vermeiden bleibt, der eine oder andere könnte sich schon als unangenehmer Gesprächspartner herausstellen. Einfach darüber hinwegsehen. Menschen dieser Art weglehnen, doch niemals wegschieben. So kann man immer ihrer Hilfe sicher sein.«

»Bisher, Marquis, reichen meine Kontakte noch nicht so weit, dass ich sagen könnte, der Anfang sei geschafft. Es mag zutreffen, dass einigen der heutigen Gäste in anderen Kreisen kein Entree gestattet worden wäre. Für mich persönlich, auch wenn ich gegen die Etikette verstoßen haben sollte, kam dieser Abend, ganz gleich wie dieser mit wem ausgefüllt wurde, sehr gelegen. Sind Sie, Marquis, anderer Meinung?«

Rocheau wusste nur zu gut, worauf Cartalan hinauswollte. Auch für ihn war das Publikum nicht von so großer Bedeutung. Besser ein ordinäres Lachen in den Ohren, als geziertes Getue ertragen zu müssen, dem man dann auch noch, will keiner als unhöflich dastehen, seine

Zustimmung geben muss. Ein leichtes Schmunzeln überflog das Gesicht Rocheaus ob der Worte Cartalans.

»Graf, jeder begibt sich dorthin, wo er hofft, Abwechslung zu finden. Ob Galadiner, gereicht von livrierten Lakaien, oder Happen, die man sich selbst zuführt, dann auch noch aus der Hand genommen, das bedeutet keinen Unterschied. Das danach Gebotene entscheidet. Um sein Gesicht zu wahren, bedarf es keiner Verkleidung mehr. Diese Sättigung, diese dann auch noch ohne nachfolgende Komplikationen zu genießen, befreit von allen Zwängen. Lässt sich so etwas nicht vor der eigenen Haustür ausrichten, dann geht eben die Reise hierzu in die Ferne.«

Jetzt ist es an Cartalan, ein leichtes Lächeln aufzusetzen.

»Sind Sie mit dem Bisherigen zufrieden, Marquis?«

»Avancen wurden mir gemacht. Auch das, was sich sonst noch erahnen lässt, verspricht einiges. Vordringlich kommt es darauf an, ob diese Versprechen auch eingehalten, und vor allem für sich behalten werden.«

»Nehmen Sie die Gelegenheit beim Schopf, Marquis. Es ist keine Gesellschaft, die viel von Prüderie hält. Hier nimmt jeder das, was ihm gefällt. Legen Sie den Verstand beiseite, bevor der nächste Morgen graut.«

Dies tat dann Rocheau auch ausgiebig. Alles, was seine Person und seinen Stand betrifft, hinter sich lassend. Dass die Zeit hier stehen bleibt, was macht das schon. Bedeutendes lag ohnehin nicht an. Er befindet sich in der Provence und nicht im Château Seiner Majestät dem König. Es gibt auch nicht viele Möglichkeiten die Mühsal des Tages ausklingen zu lassen. Findet sich schon einmal eine solche, so wird diese dann auch in vollen Zügen zu Gemüte geführt.

Geziemt es sich auch nicht für einen Kutscher, vom Dienstherrn geweckt zu werden, dieser hat immer in Livree parat zu stehen. Hier nur ließ es sich nicht vermeiden.

›Nachsicht Rocheau. Auch das ist die Provence.‹

Schweigend absolvieren beide die Rückreise. Jeder hängt seinen eigenen Gedanken nach. Gedanken an das Erlebte. Wenngleich mit unterschiedlichem Wunschdenken. Dennoch haftet beiden Gemeinsames an. Ob Misérables oder Bourgeois, Liebe kennt keinen Unterschied. Daher nimmt sie auch auf nichts und niemanden Rücksicht. Sie blüht und verwelkt, wo immer es sich ergibt. Wer hier nicht zu viel erwartet, fällt auch nicht so leicht der Enttäuschung anheim. Das Schöne so richtig in sich aufnehmen, und so in Erinnerung behalten. Ist ihm vom Schicksal beschieden, dass ihn die Vergangenheit einholt, so geschieht dies auch, wenn es ihm nicht gefallen mag. Der Ablauf seines Daseins kennt keine Zeit. Ungewiss bleibt daher auch, ob ihn sein Weg noch einmal in die Gefilde des Grafen führt. Auch das ist eine Frage des Schicksals.

Eine weitere Frage tat sich Rocheau auf. Wie ist der Graf einzuschätzen? Mentale Unterschiede sind kaum zu erkennen. Was aber bewog Cartalan, seiner Familie den Rücken zu kehren, um sich weitab in fremden Gestaden niederzulassen? Der Drang, Fremdes zu erleben? Unruhen im eigenen Lande? Auch hier wird die Ruhe, die sich augenblicklich im ganzen Lande ausbreitet, keineswegs von Dauer sein. Nach Macht strebende Verrückte finden sich überall zusammen. Nicht selten bringt dann auch noch solche Möchtegerne die Provence hervor. Wer träumt nicht auch gerne von einem Leben wie das der Reichen. Jeder will daran teilhaben. Wie immer dieses Ziel auch zu erreichen sein mag. Wenn es ihm nicht in die Wiege gelegt wurde, so holt er es sich auf anderem Wege. Was zählt hier schon Gerechtigkeit.

Zum gegenwärtigen Zeitpunkt deutet nichts auf unruhige Zeiten hin. Das Tagesgeschehen nimmt sich aus wie eh und je. Somit steht seinem eigenen Wohlbefinden zu frönen nichts im Wege. Das der anderen berührt ihn nur beiläufig. Sagenumwobenes ist auch nicht gerade das, was sich lohnt, näher in Augenschein genommen zu werden. Das nächste Souper wird nicht lange auf sich warten lassen. So manches Diner jedoch war es kaum wert, sich daran zu erinnern. Langatmig und nichtssagend. Zu vieles unterliegt dem Standesdünkel. Obgleich doch jeder gerne diese Fassade ablegen würde, um dem nachzugehen, wozu er sich doch eigentlich aufgemacht hat. Sollte er Cartalan beneiden? Zieht Rocheau das Gegenwärtige in Betracht, ist er fast versucht, dies zu tun. Nur birgt gerade für einen Grafen, wie Cartalan ihn darstellt, ein solches amouröses Fest auch gewisse Nachteile in sich. Ob dieses seinem Bekanntheitsgrad dienlich sein wird, Rocheau wagt dies zu bezweifeln. Unabdingbar bleibt, sich selbst Grenzen zu setzen. Sonst könnte es leicht zu einem Ausschluss kommen, aus allen für ihn doch so wichtigen Gesellschaften. Hat Cartalan dies auch ausreichend bedacht? Er, Rocheau, hat sich hier nichts vorzuwerfen. Es gab keinerlei Versprechungen noch Zusagen. Von Einladungen seinerseits ganz zu schweigen. Den wenigsten dürfte aufgefallen sein, wer sich hier die Ehre gab. Zu profan, eben provinzlerisch verlief alles. Jedem, der nicht auf sein Äußeres zu achten hat, kommen solche Gelage wie gerufen. Das sogenannte dreifache Schweigen erfüllt so ziemlich alle Wünsche. Schweigend eintreten, schweigend genießen, schweigend sich verabschieden. Wer fragt da schon nach dem Danach. Der Augenblick zählt. Niemand vermag zu sagen, wann sich eine derartige Gelegenheit wieder bietet.

Was die Person Cartalan betrifft, sofern er sich nicht schon zu weit vom Anspruch an seinen Stand entfernt hat, dürfte dies für ihn keine Schwierigkeiten mit schwerwiegenden Folgen nach sich ziehen. Zurückhaltung jedoch, was Cartalan betrifft, wird sich Rocheau dennoch auferlegen. Sein Dasein war bisher frei von solchen Begleiterscheinungen, und so soll es auch weiterhin bleiben. Nicht in einen falschen Verdacht geraten. Nichts könnte fataler für ihn werden. Haftet einem erst einmal Negatives an, lässt es sich nur schwer wieder abstreifen. Vermeiden im Vorhinein, um nicht mit ihm auf eine Stufe gestellt zu werden. Wenn nicht anders, dann eben dem anderen Adieu sagen. Dies ist nicht gleichbedeutend damit, dass es nicht gelingen könnte, auch aus den untersten Kreisen emporzusteigen. Wenn er dies beabsichtigt, dann bedarf es festen Bodens. Das Vorherige aber darf keineswegs das Licht der Welt erblicken. Eine Abweisung käme einem Sturz ins Niemandsland gleich.

Lässt Rocheau noch einmal das Erlebte Revue passieren, wäre es denn nicht angebracht gewesen, sich zu vergewissern, dass dies kein Traum, sondern Handfestes war, was sich ihm offenbarte? Hätte er da nicht schon früher das Fest verlassen und dem Kutscher signalisieren müssen, die Heimfahrt anzutreten? Ob aber der Reiz, der ihm bei seinem Eintreten geboten wurde, dies zugelassen hätte? Was hinderte ihn daran? Beneidenswert bleibt seiner Auffassung Cartalan nur in dem einen, so viel geballte Schönheit auf so engem Raum ist mehr als nur bemerkenswert. Wenn einer sich von so viel Liebreiz umgeben fühlen kann, was sollte ihm das Leben da noch mehr bieten? Ruft er sich die Gräfin Berchelo ins Gedächtnis, die doch so gerne Marquise werden möchte, nur um eine Vergleichsmöglichkeit zu haben, welche Ehre könnte er mit ihr einlegen? Außer vollendetes Benehmen und ehrfurchtsvolle Zurückhaltung anderen gegenüber bietet sich bei ihr nichts an, was verehrungswürdig wäre. Pompöses Auftreten? Puder und Creme im Gesicht. Wie viele Stunden wird sie wohl vor dem Schlafzimmerspiegel verbringen? Nicht alleine das Auftragen dieser für sie so überaus wichtigen Dinge, die doch eigentlich ihre Schönheit noch mehr betonen sollen, ist überflüssig. Wo ist bei ihr eine derartige zu finden? Dann später erst noch das Abschminken. Wie viele Duftwässerchen wird sie dafür bereitstehen haben? Möge auch nicht alles mit barer Münze vergleichbar sein, die Nacht aber hat nun mal abgezählte Stunden, und davon ist jede kostbar. Ebenso verhält es sich mit dem Schmuck, den sie nicht ohne Stolz offen zur Schau trägt. Dies mag auch das Einzige sein, dem er wohlwollend zustimmen könnte. Nur das, worauf es ihm ankommt, stellt sie weit hinten an. Mögen sich andere an sie verlieren, seine Vorlieben sehen anders aus. Auf die Ausgestaltung kommt es an.

Rocheau lehnt sich in der Kutsche zurück. Sollte er

denn nicht noch einmal zurückkehren? Was würde er vorfinden? Doch nur ein verschlafenes Nest. Erschrocken öffnet Rocheau die Augen. Was hat von ihm Besitz ergriffen, dass er auch noch die Augen schließt? Vergessen, dass er kurz vor seinem Anwesen steht? Welche Macht hat ihn umgarnt? Gott Amor kann dies alleine wohl kaum bewirkt haben. Da schon eher das Unkomplizierte im Gegenteil zu ihrem Gehabe. Vielleicht auch das schnelle Erleben finden. Wenn schon, dann alles zusammen. Erst das ergibt ein Ganzes.

Der Kutscher öffnet die Kutschentür und weckt Rocheau aus seinen vielschichtigen Träumen.

»Marquis, der heimatliche Stall hat uns wieder.«

Entrüstet betrachtet Rocheau Bertrand, seinen Kutscher. Hat sich dieser schon die Ausdrucksweise der nächtlichen Dinergäste angeeignet?

»Pardon, Marquis, ich wollte sagen, die Pferde sind bereits im Stall und bestens versorgt.«

»Eine andere Konversation hätte ich auch nicht zur Kenntnis genommen.«

Bertrand verstand auch so. Ihm fällt es eben leichter, Zugang zu seinesgleichen zu finden. Zählt doch auch er nur zu den Untergebenen.

An Gesprächsstoff dürfte es im Chalet Rocheaus in der nächsten Zeit nicht mangeln. Vielleicht schließen sie sogar Wetten darauf ab, dass diese Reise in die Provence ein Wendepunkt im Leben ihres Marquis sein könnte. Hat er es doch bislang vermieden, in seinen Gemäuern Diners oder gar große Soupers auszurichten. Unverständnis darüber gibt es schon lange, und das in allen

Kreisen. Spekulativ die Gründe hierfür warum. Alleine schon darum vermeidet es jeder, jegliche Verstimmung auch nur im leisesten anklingen zu lassen. Es liegt im Ermessen jedes Einzelnen, was zu beabsichtigen er gedenkt. Den Untertanen im Chalet geht es doch meistens nur darum, die Führenden ihres Landes auch einmal zu Gesicht zu bekommen. Als ob sich Sire, Seine Majestät der König, herablassen würde, ausgerechnet in diesem Chalet seine Aufwartung zu machen. Was sie zu sehen bekämen, wären doch nur die Zuträger der Hierarchie. Die Wichtigsten, die für das Land die Entscheidungen treffen, befinden sich weitab in anderen Örtlichkeiten. Wozu sich also bemühen, wenn nur Unbedeutende über diese Schwelle treten. Verlässt der Marquis das Chalet, hinterlässt er keineswegs zugleich eine trauernde Dienerschaft. Nur einigen wenigen bleibt es ab und zu vergönnt, an seinen Ausflügen teilnehmen zu dürfen. Das richtet sich je nach Einladung. Der Mehrheit ist es nicht gestattet, bei den Gelagen außerhalb dabei zu sein. Im Hause dafür feiern ohne Aufsicht, das nimmt auch jeder gerne an. Wer dafür das Fernhalten vom Hause zu beklagen hat, ist der Kutscher. Er wird nun mal gebraucht. Bertrand missfällt, dass er nicht bei den Zurückgebliebenen bleiben darf, wenngleich es auch dort, wo der Kutscher Rocheau auch immer hin kutschiert, nicht gerade an Schönheiten mangelt, wie Bertrand immer wieder betont. Nur für ihn sind diese Schönheiten tabu. Deren Amüsement findet in anderen Räumen statt.

Im Chalet Cartalans sieht es anders aus. Wenngleich auch einiges nicht in der Größe des Chalets eines Ro-

cheaus vorzufinden ist, dafür gibt den Besuchern die
Auswahl der Gäste mehr her. Was schert Cartalan ein
Schloss, wenn es trist und stumm bleibt. Angefüllt mit
Schweigen. Als einzige Belustigung wird ein Menuett
getanzt. Eine Dienerschaft, die nur tief gebeugt alles kre-
denzt. Er hingegen bevorzugt den Frohsinn, das Unge-
zwungene.

Cartalan beschäftigt sich seit der Abreise von Rocheau
mit dem Gedanken, was wird ihn erwarten, sollte Rocheau ihn, Cartalan, einmal empfangen? Das, was Rocheau hier von sich gab und vollführte, entsprach keineswegs den Gepflogenheiten seiner Kreise, in denen er sich
eigentlich befindet. Es mag zutreffen, dass seine Gäste
ihren Teil dazu beitrugen, wer vermag auch schon gegen seine Gefühle anzukämpfen. Alles setzt aus, sobald
die ersten Berührungen erfolgt sind. Der Rest ist dann
nur noch pures Genießen. Wer dem zu widerstehen vermag, muss mehr als nur diesem Standesleben verschrieben sein. Richtiggehend damit verwachsen. Andernfalls
holt ihn das wahre Leben ein. Solange sich aber solch
freizügige Abenteuer im Verborgenen abspielen, sind
kaum Anfeindungen aus ihrer Dynastie zu befürchten.
Reicht auch ihr Einfluss weit über das Übliche hinaus.
Angesehen und geschätzt zu werden, das sind elementare
Voraussetzungen, um auch gefragt zu bleiben. Sollte sich
er, Cartalan, ein Beispiel daran nehmen? Bis er die Stufe
von einem Rocheau erreicht hat, werden wohl noch mehr
dieser amüsanten Abende folgen. Sie dürfen nur keine
Schädigung seines Rufes nach sich ziehen. Er wird diese,
sollten solche ruchbar werden, schon im Keim ersticken.

Was ihm dazu noch fehlt, sind, verlässliche Personen aus den entsprechenden Kreisen. Ob Rocheau einmal dazu zählt? Seinem Lebensstil nach zu urteilen hegt er nicht viel Interesse daran. Cartalan glaubt sich dennoch einen Schritt weiter. Die Saat ist ausgebracht, ob diese aufgeht, bedarf seiner Zeit. Dass ihm Rocheau in vielen Dingen hilfreich sein könnte, daran besteht kein Zweifel. Doch ob er sich dazu auch bereit erklärt, bleibt ungewiss. Nachfühlen, sobald sich die Gelegenheit dazu bietet. Was zufällig bei ihm geschehen war, könnte doch auch sich seinerseits unter dem Deckmantel der Zufälligkeit anderen Ortes wiederholen. Wer wollte ihm hier Absicht unterstellen?

›Fühler ausstrecken, Cartalan. Irgendwo werden diese fündig.‹

Verfügt er auch nicht über einen so großen Stab an Untergebenen wie Rocheau, es kann sich dennoch sehen lassen. Was sich nachteilig für ihn auswirkt, ist die Unkenntnis seiner näheren Umgebung. Er wüsste nicht, in welche Richtung er sich orientieren sollte. Noch ist alles fremd für ihn. War auch die Provence sein erstrebtes Ziel, wo er glaubte, seine Zelte aufschlagen zu können, die Entfernungen jedoch erschweren ihm sein Vorhaben. Abschrecken sollte es ihn dennoch nicht. Was es mehr zu bedenken gilt, wann ist der richtige Zeitpunkt? Sofern ihn keine offiziellen Einladungen erreichen, könnte er nur auf gut Glück, so wie eben Rocheau, einen Zufallstreffer landen. Hier liegt nur Cartalan ein schwerer Stein im Wege. Einen Rocheau kennt jeder, bis hin zum Königshaus. Er hingegen ist unbekannt wie ein neugeborenes Kind. Um hier schnellstmöglich eine Änderung herbeizuführen, bedarf es der Mithilfe anderer. Rocheau wäre eben einer von diesen. Wird Rocheau aber auch dem Ersuchen Cartalans stattgeben? Wieder eine Frage, auf die er noch keine Antwort erwarten kann. Wann wird ihm diese Bürde abgenommen, vor allem zu welchem Preis? Wie viel wird er von seiner Herkunft in die Waagschale werfen müssen? Nicht, dass er sich dessen schämen müsste. Nur etwas geheimnisumrankt möchte doch jeder gerne bleiben. Je länger dieses Geheimnis anhält, umso aufregender das Werben um seine Person. Sich immer wieder neu interessant machen. Es muss nicht gleich dazu führen, dass ihn die Damenwelt umschwärmt wie Motten das Licht. Gibt er aber der Ehrlichkeit den Vorzug, so läuft doch alles im Endeffekt darauf hinaus. Wer sich dem entsagen will, soll sein Château oder Chalet erst gar nicht verlassen. Was sich hemmend auf ihn auswirken könnte, wäre nur, wenn die Artigkeit im Vordergrund stehen würde. Was jedoch zu seinem Leidwesen, wie bereits bewiesen, der Tagesordnung entspricht. Abhilfe schaffen? Dann könnte er samt Kutscher sofort die Heimreise antreten.

›Cartalan, wo führen dich deine Gedanken hin? Du hast noch keinen Fuß vor die Türe gesetzt und glaubst dich schon im Dunst der Bourgeois zu befinden. Was weißt du schon von einem Rocheau? Doch nur, dass er Marquis ist. Welche Befugnisse sind ihm angetragen? Sein einsames Suchen nach entsprechender Gesellschaft muss nichts zu bedeuten haben. Vielleicht möchte er nur nicht in Verruf geraten.‹

Ein Schmunzeln überzieht Cartalans Gesicht ob dieser Einschätzung. Liegt er aber auch richtig damit? Wann wird ihm die Auflösung präsentiert werden? Seine Reisen zu den maßgeblichen Persönlichkeiten, um in die Phalanx einzudringen, dürften auch nicht immer den gewünschten Erfolg aufweisen. Noch fehlt es ihm an Beistand, den Bekanntheitsgrad seiner Person etwas anzuheben. Hoffentlich reicht ihm Rocheau die Hand dazu. Bei dieser bisher einzigen Begegnung gab es nicht viele Möglichkeiten eine sogenannte Marschrichtung festzulegen. Jeder wollte zu seinem Recht kommen. Sollte dennoch immer nur das eine im Vordergrund stehen, so würde das andere, was ebenso wichtig bleibt, verfehlt. Mag auch sein Geschlecht im Herkunftsland alteingesessen sein. Nur hier heißt es, einen Neubeginn anzustreben. Seine Vorzüge offenlegen, ob diese den anderen gleich zu stellen sind. Mentalitätsunterschiede sind kaum auszumachen. Allein die Etikette und der gegenseitige Umgang wirken etwas befremdend auf ihn. Als belanglos mag er dies dennoch nicht ansehen. Ebenso wenig als unüberwindlich. Wer die Contenance nicht verliert, kann sich stets seiner Beachtung sicher sein. Rasche Annäherungen haben noch nie etwas Entscheidendes bewirkt. Im Takte eines Menuetts lässt sich doch auch ergründen, ob es zu einer Übereinstimmung kommt. Wenn es dem Fortschritt dient, wird er sich einbringen.

Wie weit ist Cartalan von einem solchen Tag entfernt? Noch immer liegt alles unter einem dichten Nebel. Vergleichbar mit dem Herbstnebel in den Auen der Provence. Irgendwann, so hofft er, wird ihm dieser abgenommen. Bis es ihm aber erlaubt ist dort anzuklopfen, und dann auch noch die gleichen Wege mit ihnen zu

gehen, bleibt ihm nur das Leben in der Abgeschiedenheit. Obgleich er doch diese selbst herbeigeführt hat.
Welche Gründe es hierfür auch immer gab. Wäre denn
nach ausreichender Überlegung kein anderer Weg für
ihn möglich gewesen? Beklagenswert ist diese Form seines Daseins deswegen noch lange nicht. Womit kann er
aufwarten? Auch dies ist etwas, was es zu bedenken gilt.
Ist es zu einseitig ausgelegt, wird es nicht viel sein, wo er
zugreifen kann. Wessen Hilfe er dann bedarf, sind die
sogenannten Steigbügelhalter. Werden sich diese finden
lassen? Das Terrain sondieren, bedingt Zustimmung signalisieren, alles dann wie rein zufällig aussehen lassen.
Trotz aller Aussicht auf ein erfülltes Leben, sein jetziges
Umfeld darf nicht in Vergessenheit geraten. War es auch
ein unverhoffter Besuch, der ihm abgestattet wurde,
denn auch Rocheau wusste nicht, wo er sich befand,
dennoch war es ein glücklicher Zufall. Dem Wunsche
Rechnung tragen, keineswegs jedoch ungeduldig wirken. Wohlwollen lässt sich nicht erzwingen. Es will
erarbeitet werden. Wodurch ist zweitrangig. Ist ihm
seine selbst auserwählte Zufluchtsstätte wohlgesonnen,
gibt es eine Vielzahl von Gönnern, die ihm dann das
angedeihen lassen, was er bislang noch vermissen muss.
Dem Entsagen, was er doch so heiß begehrt. Ist auch
das, was ihn derzeit umgibt, keineswegs weniger reizvoll, trotzdem hält es mit dem keinen Vergleich stand,
was andere genießen dürfen. Woran es mangelt, ist
eben seine Herkunft. Wege zu einer Änderung stehen
viele offen. Wer sich nicht ausreichend in Erinnerung
bringt, und dort fest etablieren kann, dieser muss dann
mit dem weniger Gutbetuchten vorliebnehmen. Was

Cartalan durch den Kopf geht, was hält Rocheau davon ab, nicht mit ihnen gleichzuziehen? Was ihn umgibt, wäre das denn nicht geradezu hierfür angetan? Jeder hat nicht nur seine Gründe, sondern auch sein Faible. Zwingt ihn auch niemand, doch etwas erkenntlicher ihm gegenüber könnte sich Rocheau schon zeigen. Etwas an Eigensinn wird wohl jeder bis ins hohe Alter mit sich tragen. Dies ihn aber spüren zu lassen, wäre eine böswillige Geste von ihm.

›Enthaltsamkeit üben, Cartalan.‹

Im Chalet Rocheaus gibt es zwar keine vorherrschende Schweigsamkeit der Dienerschaft gegen den Herrn, ebenso verhält es sich mit den Gesprächen, zu laut darf dennoch keiner werden. Während der Abwesenheit des Hausherrn debattiert die Dienerschaft dafür umso eifriger. So auch über den letzten Ausflug, der sich dann auch noch über einen langen Zeitraum hinzog. Wer könnte da schon ergreifender Bericht erstatten als der Kutscher. War er doch selbst Nutznießer dieses außergewöhnlichen Festes. Übertreibungen gehören daher auch mit dazu, wie das Baguette zur Vorspeise. Charlotte, die sich mehr als nötig um Rocheau bemüht, schenkt seinen Ausführungen nur wenig Glauben. Bertrand wirft sie daher sofort von seinem dahin galoppierenden Gefährt.

»Dass du dem, was ich erzähle, deine Abneigung entgegensetzt, ist nicht neu, Charlotte. Du hoffst noch immer, Marquise im Hause Rocheau zu werden.«

»Und du, Bertrand, malst alles in so düsteren Farben. Du vermisst wohl meine Gesellschaft. Glaubst du wirklich, ich könnte dir etwas Nachhaltiges abgewinnen?«

»Charlotte, ich frage mich schon lange, warum dein Herz nur mir gegenüber so viel Kälte zeigt.«

Bertrand reibt sich nachdenklich das Kinn. Fest sieht er dabei Charlotte an.

»Was soll ich dir hierauf antworten? Sieh dich doch um, Bertrand. Ansehen, pflegen all das, was uns umgibt. Soll das mein Leben lang so bleiben?«

»Du möchtest demnach all das, was du um dich hast, wenn schon dann auch noch im eigenen Château haben.«

»Du nicht? Sage nicht, dass es bei dir anders ist. Du bist trotz deiner Fahrten zu den Hochherrschaftlichen nicht bessergestellt. Warst du jemals schon in ihren Palästen? Du darfst, wenn es hochkommt, den Marquis bis an die Tür begleiten, ins Hochheilige zu führen, bleibt dir verwehrt.«

»Das ist auch recht so, Charlotte. Ich muss doch erst die Pferde versorgen.«

»Was dann? Bei den Dienstboten ist dein Platz. Hast du schon je einmal ihre Separees betreten dürfen? Noch dazu, wenn diese besetzt sind? Alles, was sich dort abspielt, bleibt hinter den Vorhängen verborgen. War es bei deiner letzten Reise vielleicht auch etwas anders, doch so, wie du es zum Besten gibst, war es bestimmt nicht.«

Unbeholfen sieht Bertrand von einer zur anderen. Lüftet er ein großes Geheimnis, wenn er das, was er mit Madeleine erleben durfte, weitergibt? Es muss ja auch nicht gleich alles auf dem Tableau ausgebreitet werden. Großzügig umschreiben kann ja wohl niemandem Schaden zufügen.

Charlotte ruft Bertrand in die Wirklichkeit zurück.

»Doch Heimlichkeiten, Bertrand?«

»Heimlichkeiten? Vor wem? Eines ist unbestritten, die Zusammensetzung der Gäste dort, unterschiedlicher konnte diese Gesellschaft nicht mehr sein. Auch die Ankunft war schon ungewöhnlich. Niemand stand bereit, uns zu empfangen. Nach langem Suchen vom Marquis öffnete sich plötzlich eine Tür. Der Diener unternahm keinerlei Anstalten, uns abzuweisen. Nach einem kurzen Gespräch führte der Diener den Marquis sogar in das Chalet. Was sollte ich anderes tun, als die Pferde zu versorgen. Vielleicht war es auch nur die Neugierde von einem dieser Mädchen, die dort das Chalet versorgen. Madeleine sprach mich nicht nur an, sie nahm mich sofort mit sich. Später stellte sich heraus, dass es sich bei dem Gastgeber um einen zugewanderten Grafen handelte. Den schien es nicht zu stören, wer sich mit wem beschäftigt. Im Gegenteil, er fand sogar noch Gefallen daran, wenn sich jeder mit jedem abgab. Welche Fortsetzung dann dieses Souper fand, blieb jedem allein überlassen. Was dann auch reichlich in Anspruch genommen wurde. Auch von mir. Lediglich der Graf und der Marquis zogen sich zurück. Sie wollten wohl ungestört bleiben. Ein kurzer Blick des Grafen zu den Gästen, danach ward keiner mehr gesehen.«

Dies soll alles gewesen sein? Unterschätzt hier Bertrand nicht die Neugierde der Frauen? Dies sollte ihm im nächsten Augenblick vor Augen geführt werden. Wer anders als Charlotte gab sich mit dem, was Bertrand kundtat, nicht zufrieden. Wenn sich der Gastgeber schon so großherzig zeigt, dann muss es mehr gegeben haben als nur Alltägliches. Auch nicht nur Banales.

»Erzähle weiter, Bertrand. Was geschah sonst noch? War es so aufregend, dass es dir die Sprache verschlagen hat?«

»Aufregend war nur, dass alles jedem offenstand.«

»Alles? Auch die geheimsten Gemächer, in denen sich sonst nur Auserwählte einfinden?«

»Charlotte. Es ist nur ein Chalet und kein Château, in dem der Graf wohnt. Du erwartest wieder einmal zu viel.«

Die Enttäuschung steht Charlotte ins Gesicht geschrieben. Also auch kein Ort, der ihr lohnenswert erscheint. Bertrand bemerkt es. Seine Antwort fällt auch dementsprechend aus.

»Wissensdurst gestillt?«

Wortlos erhebt sich Charlotte. Valerie pflichtet ihr bei.

»Ihr Kutscher solltet doch mehr Einblick haben, wer zu diesen Banketts eingeladen ist.«

»Und du, Valerie, erwartest, dass alle Gäste an uns vorbei defilieren. Dieser Anspruch steht nur Seiner Majestät dem König zu. Wir hingegen haben den Platz schleunigst für die nächste Kutsche zu räumen. Die Stallungen sind dann unsere Herberge. Den dort tätigen Stalljungen fällt es nicht im Traum ein, auch nur ein Pferd von uns zu versorgen. Fordern wir sie schon einmal dazu auf, was bekommen wir zu hören? Das sei doch wohl unsere Aufgabe. Bis diese Prozedur beendet ist, haben sich längst alle Gäste eingefunden. Wen bekommen wir da noch zu Gesicht? Ich will nicht verhehlen, wenn es um Wichtiges geht, vernachlässigen wir schon so manches Mal unsere eigentliche Aufgabe, um zu sehen, wer heute alles so eintrifft. Vorwiegend dann, wenn dem Land wieder einmal Ungemach droht. Ihre Eile ist dann nicht zu übersehen. Was bekümmert sie, wer Spalier steht. Verstohlene Blicke werfen sie schon um sich, mehr aber auch nicht. Wer nicht gesehen werden will, geht andere Wege. Bisher war es mir auch noch nicht vergönnt, unseren Marquis zu außergewöhnlichen Versammlungen bis in ihre Nähe begleiten zu dürfen. Ankommen, aussteigen, weiterfahren. An den Tagen, wo bei Seiner Majestät Belustigungen anstehen, verhält es sich nicht anders. Es ist nicht zu erkennen, wer gerade der Kutsche entsteigt.«

Valerie vermag das nicht zu glauben.

»Wie ist das zu verstehen?«

»Wer sich einem solchen Fest ungeniert hingeben will, reist mit einer Kutsche ohne Wappen. Auch unser Marquis besitzt eine solche. Monseigneurs, Madams lassen sich so nicht ausmachen. Zu allem Übel tragen sie auch noch Masken vor ihren Gesichtern. Sogar Seine Majestät der König soll eine solche tragen.«

»An der Kleidung sollte doch jeder zu erkennen sein.«

»Zu diesen Festlichkeiten legt wohl keiner sein Sonntagsgewand an. Sie tragen, womit sie sich sonst nicht zu bekleiden wagen. Wer soll da erkennen, wer wo drin steckt.«

Mit einem Blick auf Charlotte bemerkt Bertrand, es sollte scherzhaft klingen. Doch nimmt es Charlotte auch so auf?

»Wenn sich Charlotte in einen Lakaien verwandelt, könnte sie bestimmt auf meiner Kutsche einen Platz finden.«

Hat Charlotte Bertrand schon jemals einen solchen

Blick zugeworfen? Bis heute hat sich ja auch Bertrand gegenüber Charlotte stets edel benommen. Das wird auch weiterhin so sein.

»Charlotte, nimm es nicht so schwer. Du kannst doch jederzeit deinen Dienstherrn wechseln. Was du einbringst, stellt jeden Dienstherrn zufrieden. Du kannst deine Weichen fürs Leben selbst stellen. Ein strebsames Mädchen wie du ist überall gerne gesehen. Du bringst alle Voraussetzungen mit, dich dem Kreis der Entrechteten zu entziehen. Nutze die Gelegenheit, Charlotte, auch wenn dich alle hier vermissen werden. Doch so, wie es steht, drängt dich nichts, uns zu verlassen. Wie aber sieht es mit uns Kutschern aus? Dieser Platz ist eine Lebensstellung, die verlässt man nicht.«

Ein geheimnisvolles Schmunzeln zeichnet sich auf dem Gesicht von Charlotte ab. Was sich dahinter verbirgt, lässt sie nicht erkennen. Um vom eigenen Schicksal abzulenken, was bietet sich da anderes an, als sich in Illusionen zu verlieren. Träumen von einer anderen Welt. Einer Welt der Schönen und Reichen. Nur mit dem Reichtum wiederum hat es eine andere Bewandtnis. Wer nicht damit aufgewachsen ist, hat es schwer, Sou, Dukaten oder gar Goldstücke in einer eigens dafür angefertigten Schatulle anzuhäufen. Sie, die Misérables, bleiben wohl für alle Zeiten davon ausgeschlossen. An einer Änderung ihrer Lebensbedingungen, oder gar an eine Zuwendung der Bourgeois zu ihnen, glaubt ohnehin niemand. Warum sollten sich auch die Reichen dazu herablassen. Sie wollen weiterhin nur unter sich bleiben.

In ihre Gedanken an ein unerreichbares Dasein ruft

der Marquis nach der Kutsche. Eilig begibt sich Bertrand an die Arbeit.

Als Bertrand den Marquis erblickt, gerät er fast aus der Fassung. Was soll dieser Aufzug? Nicht nur, dass der Marquis einherstelzt wie ein Balletttänzer, er trägt auch noch eine Maske vor dem Gesicht. Dass er hier einer anderen Kutsche bedarf, ist augenscheinlich. Rasch werden die Pferde gewechselt. Ebenso wenig stellt sich die Frage, welcher Art der Belustigung dem Souper zugeordnet werden kann. Offen bleibt nur noch, wer sich die Ehre gibt, hierzu einzuladen. Der Marquis enthebt Bertram dieser Sorge.

»Chalet Prikot.«

Prikot? Stirnrunzeln bei Bertrand. Alle wissen um seine Person.

›Was führt dieser zwielichtige Patron im Schilde, wenn er ein solches Fest auf die Beine stellt?‹

Darüber nachzudenken, wer dort alles anzutreffen sein wird, Bertrand will es erst gar nicht. Andrerseits, ihm, Bertrand, kann es nur recht sein. Die Contenance ist bei ihm nicht beheimatet. Kaum jemand legt Wert auf Disziplin. Was es dort wohl zu debattieren gibt. Noch etwas anderes überlegt Bertrand.

›Würde es auffallen, wenn ich mich bunt kostümiere und mich so unter die Gäste mische? Die wären wahrscheinlich alle so mit sich beschäftigt, um von mir kaum Notiz zu nehmen. Doch was dann folgen könnte, sollte das Fest vorzeitig, dann auch noch ungewollt ein frühes Ende finden, und ich nicht rechtzeitig zur Stelle sein, nicht auszudenken. Nur eines steht fest, in Rokokokleidern wird hier kein Menuett getanzt. Gut zu wissen wäre es schon, ob sich auch Cartalan mit Gefolge hier einfindet. Womöglich noch mit Madeleine.‹

Diese amüsante Zeit bei Cartalan klingt bei Bertrand noch lange nach. Ein derartiges Erleben könnte sich bei ihm nicht oft genug wiederholen. Wer hätte auch schon dagegen etwas einzuwenden. Sind die Kleider erst einmal abgelegt, ist jeder gleich bewundernswert. Unterschiede können sich dort, wo Rundungen sich zeigen, schon auftreten. Doch wer mehr dem süßen Konfekt zugeneigt bleibt, darf sich dann auch nicht darüber beklagen, wenn er sich damit herumplagen muss. Da helfen auch keine noch so weiten Röcke oder gar eng angelegte Mieder. Die Fülle lässt sich nicht mehr verbergen. Da bevorzugt Bertrand schon eher das Gesinde. Stattlich und mit allen Tributen ausgestattet und nicht weniger anschmiegsam. Wenn er nur wüsste, welchem Zweck und Sinn die Einladung Prikots an die Bourbonen dient. Allein auf dem Kutschbock, immer nur die Pferde vor Augen, wer kann es ihm da verdenken, wenn er sich ein amüsantes Abenteuer anlacht. Vergleiche zum damaligen wird er deswegen noch lange nicht ziehen. Jedes Tête-à-Tête nimmt sich anders aus. Sogar für einen Kutscher wäre ein starr gleichmäßiger Ablauf zu langweilig. Gerade ihm, der die schönsten Seiten des Lebens aus der Entfernung miterleben darf. Wenn es ihm dann schon gestattet ist, was selten genug vorkommt, dem sich hingeben zu dürfen, dann soll es auch noch lange in ihm wach bleiben.

Leicht zusammengesunken sitzt Bertrand auf dem Bock. Hält er die Augen geschlossen? Es kommt ihm fast so vor. Eine sanfte Stimme holt ihn zurück.

»Bertrand, wovon träumst du?«

Bertrand versucht zu erraten, wer sich auf seinen Bock zu ihm gesellte.

»Madeleine?«

Dem Lachen nach kann es Madeleine nicht sein. Ein anderer Name jedoch fällt ihm nicht ein. Da Bertrand stumm bleibt, lüftet die kleine Fee das Geheimnis.

»Ich bin es, Sophie. Madeleine ist zurückgeblieben. Du hast Madeleine erwartet.«

»Ach ja, Sophie, erwartet. Was ist uns schon erlaubt zu erwarten. Hoffen, dass dieses oder jenes geschieht, mehr bleibt uns nicht. Wer begleitet Cartalan noch außer dir?«

»Nur der Kutscher.«

»Ist es unhöflich von mir, wenn ich anmerke, dass du bestrebt bist, Gräfin im Hause Cartalans zu werden?«

»Würdest du an meiner Stelle nicht auch einen solchen Wunsch in dir tragen?«

»Wenn er sich erfüllen lässt, dürfte wohl niemand davon abgeneigt sein.«

»Warum soll er sich nicht erfüllen?«

Sanft zieht Bertrand Sophie zu sich heran.

»Sophie, Cartalan mag zwar für sein Leben ausgesorgt haben, doch was ihm nicht ausreichend zur Verfügung steht, sind diese sich ständig wiederholenden Soupers der Bourbonen. Ohne deren Hilfe kann Cartalan hier kaum Wurzeln schlagen. Es wäre darüber hinaus zur jetzigen Zeit ungeschickt von ihm, würde er sich eine Frau an die Seite nehmen, die nicht von Adel ist. Es muss nicht so sein, dass es Cartalan darauf anlegt, und in der höchsten Kategorie Ausschau hält. Die Bourgeois haben auf diesem Gebiet auch sehr viel zu bieten. Was zwischen dir und Cartalan als trennend anzusehen bleibt, sind Gold und Edelsteine. Wie weh es auch immer tun mag, Sophie, sicher ist nur der Platz, auf dem wir stehen. Ob wir auch immer im Brot bleiben, auch das ist ungewiss. Sich etwas abheben vom Boden, um leicht zu schweben, mag schon erlaubt sein. Nur nicht zu hoch. Sollte es Cartalan gelingen, und dann auch noch ohne Bedingungen aufgenommen zu werden, hast du vielleicht eine Chance. Erhoffe es dir dennoch nicht zu früh. Ich selbst konnte mir bisher auch noch kein klares Bild von Cartalan machen. Ob es dir gelingt, ich wünsche es dir. Beachte jede seiner Stimmungen, die Cartalan dir gegenüber an den Tag legt. Fühle zaghaft vor, lasse aber niemals erkennen, worum es dir eigentlich geht. Du bist anmutig, charmant, offenherzig, Sophie. Du birgst alles in dir, was sich ein Mann, ganz gleich wessen Standes er ist, nur wünschen kann. Bereite den Weg mit Sorgfalt vor. Und das Glück lacht dir zu.«

Mit einem Kuss auf die Wange verabschiedet sich Sophie von Bertrand. Ein schwerer Seufzer entringt sich seiner Brust.

›Was hat der Reichtum nur immer gegen uns? Es muss ja nicht gleich eine Schatulle voll Gold sein, was uns täglich dargebracht wird. Doch ein paar Sou mehr wären auch schon willkommen. Aber was dürfen wir? Unser ganzes Vermögen in Centimes zählen.‹

Wäre es anders, würde er dadurch glücklicher sein? Diese Sorgen, die ihn dann plagen würden, wären bestimmt nicht weniger schwer. Dass er davon nicht allzu viel mitbekommt, liegt an der Verschlossenheit dieser eingeschworenen Dynastie. So wenig als möglich laut von sich zu geben. Diese Kunst beherrschen sie mehr als meisterlich. Anerkennung ringt ihm das schon ab. Nur trägt dies auch zur Verbesserung ihres Lebens bei? Ihn selbst hat bisher spürbar Angenehmeres noch nicht erreicht.

Lautes Stimmengewirr erinnert Bertrand an seine Pflicht. Wortlos schwingt sich Rocheau in die Kutsche. Ebenso verhält es sich mit den anderen Gästen. Jeden drängt es zu seinen Kutschen. Bertrand kommt nicht umhin zu denken.

›Was sich dort wohl zugetragen haben mag? Die Journale werden sicher etwas darüber berichten. Nur wer von uns ist des Lesens mächtig? Sophie? Ihre Geschicklichkeit sowie ihr ganzes Verhalten lassen so etwas glauben machen. Sollte dies so sein, dann wundert es mich nicht mehr, wenn Sophie versucht nach Höherem zu greifen. Zu uns gehörig fühlt sich Sophie ohnehin nicht. Arme Sophie.‹

Das Leben von Sophie spielt sich so gesehen auf zwei Ebenen ab. Das Leben der Entrechteten führen zu müssen, und dennoch die Nähe jener zu spüren, zu denen sie sich hingezogen fühlt. Wie lange reicht ihre Kraft noch aus, stillzuhalten? Obschon es sie drängt, die eine Seite verlassen zu wollen, während die andere, die für sie wichtige, nur ihre Dienste in Anspruch nimmt? Zu wünschen wäre es ihr, so empfindet auch Bertrand, wenn das Glückspendel bei Cartalan in ihre Richtung hin ausschlagen würde. Mit ihm, Bertrand, dessen ist er sich sicher würde, Sophie niemals das erreichen, was sie sich in den Kopf gesetzt hat. Wozu sich also weiter damit beschäftigen. Findet tatsächlich ein solches Fest mit allem Pomp einmal statt, wird es wohl kaum mit großem Spektakel in die Welt hinausgetragen. Verborgen aber dürfte es auch einem Cartalan nicht bleiben, wie Sophie zu ihm steht. Dazu ist Sophie nicht geschaffen. Sie würde es ihn spüren lassen. Nur kurz streifen seine Gedanken Madeleine. Es war ihr also nicht vergönnt, hier mit daran teilzunehmen. Ob es zu einem weiteren amourösen Abend mit ihr kommt, bleibt dahingestellt. Das Treiben bei Prikot war auch nicht dazu angetan, seinen Platz für einige Zeit verlassen zu können. Prikot ist eben kein Cartalan. Bei richtiger Betrachtung ist Prikot weder das eine noch das andere. Von jedem, wohl auch für jeden etwas, so wird man Prikot sehen müssen. Wie lange wird er das, was er vollführt, noch aufrecht halten können? Auch das ist eine Angelegenheit der Bourbonen und der Bourgeois unter sich.

Mehr Schwierigkeiten bereitet es ihm da schon, den Marquis zu Bett zu bringen. Mit vereinten Kräften schaffen sie es letztendlich. Das beschert ihnen zugleich die Aussicht auf eine längere Nacht. Die Glocke dürfte am Morgen etwas später läuten.

Als Cartalan die Einladung Prikots in den Händen hält, fällt es ihm schwer, den Namen Prikot einzuordnen. Unter der Aufstellung in seinem Register ist ein Name Prikot nicht vermerkt. Wer könnte ihm Klarheit über Prikot verschaffen? Wer sich auch immer hinter dem Namen Prikot verbirgt, will er das erkunden, so bleibt ihm nur diese Einladung anzunehmen. Nicht selten kommt es vor, dass sich Abtrünnige aus den Herrschenden, die nicht erkannt werden wollen, in solch geheimen Chalets zusammenfinden. Wurde auch keine Verpflichtung, Masken zu tragen, ausgesprochen, so doch inständig empfohlen. Unverständlich nimmt sich für Cartalan weiter aus, eine Notwendigkeit, solche separate Soupers in verschworener Gesellschaft stattfinden zu lassen, zeichnet sich doch nicht ab. Ist es auch ein immer wiederkehrender Kreislauf dieser Machenschaft, nur seit geraumer Zeit herrscht doch überall eitel Sonnenschein. Niemand hintergeht oder beschädigt das Ansehen der Bourbonen. Wer sollte daran auch schon ein Interesse haben?

Cartalan hat Mademoiselle Sophie als seine Begleiterin auserkoren. Sie dünkt ihm passender als jede andere. Das Aussehen, ihre Sanftheit, das alles spricht für Sophie. Hinzu kommt noch ihre Reife, sich in diesen Kreisen richtig zu bewegen. Unter welchem Namen oder gar Titel er Sophie dort einzuführen gedenkt, entscheidet sich erst nach ihrer dortigen Ankunft. Je nachdem wer ihnen die Aufwartung macht.

Welcher Stolz schwellt in Sophies Brust? Mit einem Grafen in der Kutsche fahren, schon das alleine ist eine besondere Ehre. Dann auch noch gemeinsam ein Souper dort miterleben zu dürfen, ihre Aufregung droht sie zu übermannen. Sie zwingt sich ernsthaft zur Ruhe.

Anders der Graf. Seine Aufmerksamkeit gilt den Wegen, die sie der Kutscher führt. Wie unberührt scheint das ganze Land zu sein. Einen besseren Ort für dunkle Verabredungen kann es wohl kaum mehr geben. Am interessantesten dürfte sein, wer sich außer ihm noch hierher verirrt haben sollte. An Besitz, Ruf oder gar Stellung scheint der Einladung nach niemand einen Gedanken daran zu verschwenden. Wer sollte dann schon Anstoß daran nehmen, wenn er Sophie als Madame Cartalan vorstellt?

›Cartalan, beruhige dein Gewissen. Du konntest bisher nichts davon in Augenschein nehmen. Haben denn nicht alle Könige ihr Zuhause weitab vom eigentlichen Geschehen errichten lassen, und das alles nur, um ihre Neigungen ungestört ausleben zu können?‹

Was er jedoch vermisst, was doch den Palästen ihre Note noch unterstreicht, sind die gepflegten parkähnlichen Anlagen. Dieses Grün hier jedoch wird kaum einer Schur unterzogen. Allenfalls grasen Schafe darauf. Welche Kaschemme visiert hier der Kutscher an?

Unsicheren Schrittes verlässt der Graf die Kutsche. Sophie macht Cartalan noch rechtzeitig darauf aufmerksam, die Maske zu tragen. Dann steht dem, als was es sich auch immer darbietet, nichts mehr im Wege.

Das Chalet selbst schien auch schon bessere Tage erlebt zu haben. Der Größe nach zu urteilen könnte es gut und gerne als Château zur Sommerfrische gedient haben. Doch nicht alleine die Jahre, die das Château als solches erleben durfte, sind schuld an dem Verfall. Die allwiederkehrenden Unruhen haben auch ihre Spuren hinterlassen, und tragen so ein Großteil mit Schuld daran. Wie lange wird die augenblickliche Ruhe noch anhalten?

Dann wird zum Entree gebeten. Überflüssig zu sagen, dass Namen zu reinen Floskeln würden. Madame, Mademoiselle, Monseigneur, das sind hier die gängigsten Anredeformen. Wer sieht auch schon hinter die Masken. Prunkvoll mag es schon einmal ausgestattet gewesen sein. Diesen sogenannten erlauchten Gästen aber kann dies egal sein, ob Chalet oder Château. Wer dem sein Kommen zugesagt hat, geht in der Hauptsache davon aus, der Langeweile, der er sonst ausgesetzt wäre, zu entgehen. Wenngleich auch nur für einige Stunden. Inkognito ist der beste Schutz vor Entdeckungen. Wenngleich der eine oder andere Vermutungen, wer hinter welcher Maske wohl stecken könnte, anstellen wird. Allein es fehlt der schlüssige Beweis. Somit herrscht die allgemeine Einstellung vor, genießen und schweigen. Wer sich in Schuld verwickelt, wird diese im Nachhinein begradigen müssen. Er, Cartalan, wird die Achtsamkeit ausreichend walten lassen. Nicht nur seine Fremdartigkeit erfordert dies, mehr noch das, was er als sein Eigen nennen darf. Überschaubar sein Vermögen. Größere Erbschaften sind auch nicht zu erwarten. Er muss also sorgfältig damit haushalten. Was bleibt ihm da noch zu erhoffen? Erträumen ja, nur solche Träume werden selten zur Realität. Jedes Diner, und mag es noch so wenig versprechend angelegt sein, gierig in sich aufnehmen, als wäre dies der Beginn eines Aufstieges. Unterschätzt er nicht bei diesem Diner die Unterschiedlichkeit der Interessen? Denn wo sonst werden solche Fäden gesponnen, wenn nicht hier? Wie hoch wird der Einsatz sein, der ihn berechtigt, hier teilnehmen zu dürfen? Letztendlich weiß jeder, dass dies eine geschlossene Gesellschaft ist. Sollte er sorgfältiger Prüfung unterzogen werden, kann er dieser dann auch standhalten? Ohne ausreichende Protektion bleibt er auf seiner Stufe stehen. Vielleicht ist ihm Fortüne doch hold und steht ihm bei. Es hat sich schon oft genug bewahrheitet, dass auch die festesten Mauern zum Einsturz gebracht werden. Wenn es sich lohnt, dann soll es so sein.

Jetzt und hier dürfte für diese weitreichenden Entscheidungen wohl nicht der richtige Platz sein.

Was wie den Gästen dargebracht wird, die Verlegenheit der anwesenden Gäste müsste nur so um sich greifen. Nichts davon ist spürbar. Derb die Sprache, derb das, was ihnen zur Benutzung hingestellt wird. Wenngleich die Verabreichung zu wünschen übrig lässt. Prikot ist eben nicht der Umgang, den jeder bevorzugt. Doch irgendwie muss er, obgleich auch nicht für alle, so doch für einige von Nutzen sein. Wie sonst würden so viele seiner Einladung Folge leisten.

Cartalan versucht Rocheau zu entdecken. Schwierig genug dürfte es werden.

Da sich Cartalan kaum um Sophie kümmern kann, nutzt Sophie diese Gelegenheit zu einem Ausflug zu Bertrand.

Etwas an Mut nimmt Sophie dann doch mit, obgleich Sophie weiß, das Schicksal hat sie vor eine schwierige Aufgabe gestellt. Wäre sie aus diesem Milieu, noch dazu aus deren Dynastie, unzählige Hände würden sich ihr entgegenstrecken. Die Mauer jedoch, die sich zwischen alldem aufgebaut hat, mag diese auch nicht unüberwindlich erscheinen, doch zaghafte Berührungen bringen das, was sich jeder erhofft, kaum zustande.

Auch Bertrand weiß, welch schwere Wege vor Sophie liegen. Es kann gelingen, aber auch nur dann, wenn Cartalan dem anderen, was ebenso wichtig, trotzdem für ihn nur eine untergeordnete Rolle spielt, weniger Beachtung schenkt. Dafür dem, was ihm geboten, mehr seine Aufmerksamkeit zuwendet. Sein Respekt und seine Wünsche werden den Weg von Sophie begleiten.

Dennoch kommt Bertrand nicht umhin, seinen Worten Nachdruck zu verleihen. Seine Aussicht, Sophie, und das nach diesen kurzen Begegnungen, für sich einzunehmen, sieht Bertrand als aussichtslos an. Er muss weiterhin seine Angel anderswo auswerfen.

›Bertrand, was soll das alles. Ob Sophie, Suzette, Charlotte, wie immer sie auch heißen mögen, irgendwo findet es sich.‹

Derweil scheint das Diner bei Prikot im vollen Gange zu sein. Nicht nur Cartalan, auch Rocheau wundert sich über das Benehmen der Gäste. Haben die denn alle ihre guten Sitten an der Tür abgelegt? Das Gesicht zu verlieren, diese Scheu muss niemand in sich tragen. Cartalan wird wohl seinen Wunsch, Gespräche ernsthafter Natur führen zu können, hintanstellen müssen. Wenn nicht gar vollends vergessen. Wofür soll dann diese Einladung gut sein? Wer blickt dahinter? Rocheau könnte ihm da schon behilflich sein. Wer lüftet sein Inkognito zuerst? Wenn überhaupt, dann wo? Hier in offener Gemeinschaft dürfte dies wohl kaum einer wagen.

›Cartalan‹, so spricht er sich selbst zu, ›du wirst in diesem Lande noch weitaus Seltsameres erleben.‹

Verschwiegene Wege sind nichts Unbekanntes für ihn. Dass dies aber in einem solchen Rahmen geschieht, ist ihm bisher noch nicht widerfahren. Was bleibt ihm zu tun? Gute Miene zum Spiel machen? Es findet sich kein anderer Weg. Sollte dies einer der Gäste als anrüchig befinden, er, Cartalan, zeichnet nicht verantwortlich dafür. Wer aber begutachtet, mit welcher Hingabe sich jeder daran beteiligt. Es fehlt jegliches Anzeichen zu einer derartigen Annahme, es könnte doch ernsthafter Natur sein, bleibt nur die Frage, wollten die alle nur einmal heraus aus ihrer engen Welt? Andrerseits aber schien dies hier doch auf sie zugeschnitten zu sein. Der Wunsch, einmal so richtig eintauchen in die Welt der Entrechteten? Nein, auch das trifft hier nicht zu. Also doch nur belanglose, nichtssagende Gespräche führen. Dann noch stets darauf achten, dass nichts, was die eigene Person betrifft, nach außen dringt. Doch wie das Aufgetragene handhaben? Sich diskret zurückziehen, womit sich jeder eindeckte? Zu weiteren Besuchen dieser Galadiners dürfte sich Cartalan wohl kaum noch einmal verführen lassen. Solches Verhalten ist nicht gerade das, was er unter Verbrüderung versteht. Dann schon langweilige Menuette tanzen, die Nähe verspüren, Absprachen treffen. Denn ihre Wege kreuzen sich doch kaum miteinander, geschweige denn mit denen der Dynastie. Erheben die Entrechteten schon einmal ihre Stimme, wer von den Bourgeois stellt sich ihnen? Ebenso verschließen die Bourbonen ihre Türen vor ihnen. Warum aber reichen sie sich gerade hier die Hände? Zu gegebener Zeit wird er sich die Antwort von Rocheau holen. Heute jedoch entzieht sich Rocheau dem.

Auf seiner Suche nach Sophie gewahrt Cartalan einzelne Gesprächsgruppen. Was es dort wohl Geheimnisvolles zu besprechen geben mag? Der Masken hat sich noch immer keiner entledigt. Somit kann es sich nur um Geheimbündelei handeln. Warum beteiligt sich aber ausgerechnet ein Rocheau daran? Kann sich dessen Cartalan auch sicher sein? Zu erkennen war seine Anwesenheit jedenfalls nicht. Wer noch alles verbirgt sich hinter den Masken, um nicht erkannt zu werden? Welche Gründe auch immer hinter dieser Zusammenkunft zu suchen sein mögen, er, Cartalan, wird nicht dem Versuch erliegen, dies schon hier zu erfahren. Noch ist er nicht in ihrer Dynastie aufgenommen. Was auch immer geschehen mag, alles aus sicherer Abgrenzung mit erleben. Sieht er sich nicht so der Gefahr ausgesetzt, sein Vermögen anderweitig zur Verfügung stellen zu müssen? Wenn andere ihres Reichtums überdrüssig sind, so ist dies deren ureigenster Wunsch diesen abzulegen. Ob Dankbarkeit damit erkauft werden kann, sein Glaube lässt dies nicht zu. Festhalten, was sein Eigen ist.

Etwas unsanft nimmt Cartalan Sophie am Arm und deutet zur Tür. Es bekümmert niemand, wenn Gäste das Chalet verlassen. Die Bleibenden verstehen die Nacht zu nutzen.

Froh, in der Kutsche alles abnehmen zu können, atmet Cartalan erst einmal kräftig durch. Noch immer verfolgt ihn in Gedanken das bunte Treiben. Es fehlte jegliche Zuordnung. Zurücklehnen, abwarten, ob sich der Vorhang irgendwann einmal hebt. Bevor er die nächste Einladung annimmt, werden erst ausreichend Erkundigungen eingeholt. Bleiben ihm diese verwehrt, oder werden nicht ausreichend begründet, ist auch mit seinem Erscheinen nicht zu rechnen. Das eine muss mit dem anderen einhergehen, sonst ergibt dies für ihn keinen Sinn.

Ungerecht empfindet auch Sophie diese Veranstaltung. Durfte sie doch zum ersten Mal an einem Souper teilnehmen, als was bot es sich dar? Diese Gelage sind ihr zur Genüge bekannt. Jeden Kontakt, den die Entrechteten zu den Bourgeois suchten, wurde von ihnen sofort abgelehnt. Wenngleich auch auf charmante Weise, dafür aber umso bestimmter. Somit blieben wohl auch hier die Entrechteten meist unter sich. Cartalan war Sophie auch keine Hilfe. All seine Bemühungen in diese Richtung blieben ohne Erfolg. Einmal am Abend entglitt Sophie das, was bei den Entrechteten gang und gäbe ist.

›Merde Bourbonen! Verkriecht euch weiter.‹

Sollte es dennoch der eine oder andere vernommen haben, das Ganze bot sich keineswegs als Galadiner an. Wer dies erwartet hatte, muss zwangsläufig Sophie zustimmen. Wer aber ein guter Beobachter war, gewann rasch den Eindruck, hier spielt sich anderes ab. Wie viel davon dringt an die Öffentlichkeit, oder erreicht gar den Hof? Gab es Andeutungen zu irgendwelchen Aktivitäten der Entrechteten? Belangloser als das, was hier zu Gehör gebracht wurde, konnte nichts mehr sein. Nur Eingeweihte verstanden damit umzugehen. Für die meisten aber trifft doch zu, was die Vermutung nahelegt, einmal aus ihren kunstvollen Gewändern in die Tracht der Les Misérables zu schlüpfen, um dieser doch sonst so strengen Sittenvorgabe zu entrinnen. Wer wollte, der konnte es hier ausgiebig. Im Dunkeln wird bleiben, wer hiervon Gebrauch gemacht hat. Vermutungen wird jeder anstellen, aber dann wohlweislich nur für sich. Es könnte ja sein, dass gerade der Nächste in einem Gespräch diese einmalige Gelegenheit nutzte und kräftig über andere vom Leder zog. Eine Blöße sich geben, dazu wird es nicht kommen. Dennoch innere Betroffenheit könnte sich da oder dort schon bemerkbar machen. Wie wird er dann vom anderen gesehen? Als Unwissender über diese Zusammensetzung wohl kaum. Hier müsste er es sich gefallen lassen, anstößig betrachtet zu werden. Auch Cartalan wird sich hüten, dies irgendwann, wo auch immer, nur im Geringsten anklingen zu lassen.

Sophie war froh, die Kutsche verlassen zu können. Ihren Traum, Gräfin zu werden, wird sie trotzdem nicht aufgeben. Jetzt erst recht nicht. Sind diese hohen Herrschaften denn anders als sie? Das Heute hat Sophie eines Besseren belehrt.

Heulend stürzt Sophie in ihre Kammer. Mit ihren kleinen Fäusten trommelt Sophie auf das Bett. Josefine schreckt dieser Lärm auf. In der Tür bleibt sie stehen. Nur kurz betrachtet Josefine den Trommelwirbel von Sophie, dann kann sie nicht mehr an sich halten.

»Sophie, ist dir dein Bett zu hart geworden, dass du es weich klopfen musst?«

»Weich klopfen ja, Josefine. Anderen sollte das zukommen.«

»Du sprichst von dem Fest. Wenn du dich so aufführst, habe ich wohl nichts versäumt.«

»Vielleicht, Josefine, habe ich auch zu viel erwartet.«

»Was war mit dem Grafen?«

»Er wollte so etwas wie eine Vorstellung meinerseits vorbringen. Doch der Zeremonienmeister wehrte ab. Dies sei hier nicht üblich. Von da an hatte Cartalan keine Zeit mehr für mich. Hast du so etwas je schon einmal erlebt, Josefine? Dass alle Masken trugen, zuerst fand ich das spaßig. Doch keiner legte diese in all der Zeit auch nur ein einziges Mal ab. Ich dachte, wenn es zum großen Diner kommt, wird wohl jeder seine Maske abnehmen.

Ich wollte doch auch sehen und wissen, wer sich alles dort ein Stelldichein gab. Was geschah? Jeder nahm sich das, was er wollte, von der Anrichte und verschwand in der Dunkelheit. Seltsam, findest du nicht auch?«

»Sophie, es gibt Galas, bei denen keiner den anderen erkennen soll.«

»Wozu?«

»Wozu, Sophie? Geheime Bünde treiben überall ihr Unwesen. Bünde, die nichts Gutes im Sinn haben.«

»Ich wollte doch wissen, ob auch der Marquis anwesend sei. Da ich ihn nirgends finden konnte, lief ich zu den Kutschen. Bertrand, seinen Kutscher, konnte ich dort antreffen. Viel konnte auch er mir über das seltsame Fest nicht sagen. Wir sprachen dann über Cartalan. Vielleicht waren meine Gefühle an der Seite eines Grafen schon zu weit in einer anderen Welt.«

»Sophie, wie konntest du das nur erwarten? Wir, die Entrechteten, wünschen in den Adelsstand gehoben zu werden.«

»Jetzt sprichst du genauso wie Bertrand. Warum sollte das nicht geschehen?«

»Fordere dein Schicksal nicht heraus, Sophie. Wenn es der Allmächtige will, dann erfüllt es sich. Sophie, du bist schön, anmutig. Vor allem bist du jung. Bewahre dir deine Jugend und Fortuna lacht dir zu. Gebe dem Zeit. Erwarte nicht schon jetzt die Erfüllung aller deiner Wünsche. Dem von uns gegangenen Marquis, der Herr möge seiner Seele gnädig sein, war es trotz seiner Zugehörigkeit zum Adel auch nicht vergönnt, dem Leben das abzugewinnen, was er sich erhofft hatte. Nicht immer ist einem das Glück hold. Es entschwindet, bevor man es richtig wahrgenommen hat. So manche Entscheidung wird uns vom Schicksal abgenommen. Doch nicht immer fällt diese so aus, wie wir uns das vorgestellt haben. Wir werden einfach gezwungen, alles so hinzunehmen. Versuch nicht, dich dem zu entziehen, nur um mehr Geltung zu erhaschen. Dies, Sophie, wäre so, als würdest du ein dunkles Haus, um es strahlend erscheinen zu lassen, Weiß übertünchen. Löst sich auch nur an einer Stelle der Anstrich, kehrt es zurück zum Dagewesenen. Nur mit dem Unterschied, es will keiner mehr haben. Denke gut darüber nach. Überschlafe erst einmal das, was hinter dir liegt. Bevor ich es vergesse, ich wollte dich fragen, konntest du in Erfahrung bringen, wer als Gastgeber auftrat?«

»Ich vernahm des Öfteren den Namen Prikot. Ob er das Fest gab, ich weiß es nicht.«

Als Josefine den Namen Prikot vernahm, verschlug es ihr fast den Atem. Nur sich jetzt nichts anmerken lassen. Sanft nahm Josefine Sophie am Arm.

»Versuche zu schlafen, mein Kind.«

Leise verschloss Josefine die Kammertür. In dieser Nacht fand Josefine auch keinen Schlaf.

›Was wollte Cartalan bei Prikot? War diese Einladung rein zufällig? Oder steckt doch mehr dahinter? Wer ist eigentlich dieser Graf Cartalan? Wie konnte es geschehen, dass gerade er dieses Chalet bekam?‹

Von jetzt an wird Josefine mehr Sorgfalt dem Hause Cartalans gegenüber walten lassen. Tief bekümmert Josefine, dass niemand außer dem Grafen hier des Lesens mächtig ist. Alles Wissenswerte kann nur durch Worte weitergegeben werden. Wie verlässlich aber ist dies? Zu oft waren schon Gerüchte die Ursache für Verleumdungen, die sich im Nachhinein als falsch erwiesen haben. Den meisten davon Betroffenen war es keine Hilfe mehr. Sagen oder Märchen kann man ja noch gelten lassen, doch sobald es um noch lebende, und dann auch noch hier ansässige Personen geht, sollte jedes Wort genau überlegt werden. Josefine hat bisher nur das, und wird auch weiterhin nicht davon abgehen, als gegeben angesehen und weitergegeben, was sie selbst mit eigenen Augen wahrgenommen hat. Zugetragenes wird sie nach wie vor für sich behalten. Dies ist zugleich der beste Schutz, um nicht selbst in Gefahr zu geraten. Das Verderben ergreift vom Menschen schneller Besitz, als er jemals zu ahnen wagt. Anders verhält es sich mit dem, was der Graf selbst von sich und dann auch über sich verlauten lässt. Bis heute jedoch wurde noch keinem aus der Dienerschaft hierzu eine Gelegenheit eröffnet. Was besprochen wurde, galt dem, was auf den Tisch zu kommen hat. Josefine ist eben doch nur eine einfache Köchin. Trotzdem gab es für sie nie einen Grund, mit ihrem Dasein unzufrieden zu sein. Könnten das doch nur alle von sich sagen. Sind ihre Gedanken noch immer bei Sophie?

Noch jemand beschäftigt sich mit dem Hause Cartalan. Rocheau. Seine eigene Maskerade bei Prikot konnte vortrefflicher nicht mehr sein. Dass gerade Cartalan ihn ausfindig zu machen versuchen würde, war anzunehmen. Süperb. Ein großes Lob zollt hier Rocheau seiner Garderobenfrau. An der Einladung Prikots an Cartalan gab es nichts auszusetzen. Prikot gehört weder zur einen noch zur anderen Schicht. Er flirtet mit der einen ebenso gut wie mit der anderen. Etwas könnte dennoch als Ursache seiner Einladung den Ausschlag gegeben haben. Cartalan ist so gut wie unbekannt. Gerade solche Persönlichkeiten sind das, was ein Mann wie Prikot für seine Zwecke sucht. Sie lassen sich leicht manipulieren und werden so zu seinen Marionetten. Seine Gefährlichkeit sollte daher niemand unterschätzen. Er riecht förmlich, wenn sich irgendwo eine Feuer entzündet. Wer kann sagen, ob er nicht selbst vielleicht Hand mit angelegt hat. Den Nachweis aber zu erbringen, dass es an dem sei, ist noch keinem gelungen. Vielleicht wurde nur eine solche Möglichkeit nie ernsthaft in Erwägung gezogen. Verdienste, falls jemand solche anzuführen gedenkt, in welcher Form sind diese erbracht? Wem bringen sie, sollte es solche wahrlich geben, den größten Nutzen? Rocheau ist bislang bei Treffen dieser Art noch nichts Konkretes zu Ohren gekommen. Was auch immer Prikot mit seinen Galas zu erreichen gedenkt, das Resultat bleibt so im Dunkel wie die Gesichter der Gäste hinter den Masken. Worte mögen immer fallen, auch bei diesem Treffen, wer aber versteht es, diese Fragmente zu einem Ganzen zusammenzuschmieden? Jene, die unsichtbar und verschwiegen im Hintergrund die Fäden ziehen? Willkommener als diese Maskenfeste kann eine Gelegenheit hierzu wohl nicht mehr sein. Verschwiegene Mächte agieren immer im Dunkel. Im Verborgenen. Das weiß auch ein Rocheau. Wie viel Einfluss auszuüben sie aber in der Lage sind, vereinzelt dringt es ans Licht. Doch die Struktur der Bourbonen ist so gegliedert, dass bisher kein größeres Unheil über die Nation hereinbrach. Diese wenigen Unruhestifter, die ausfindig gemacht werden, dafür ist das Gesetz zuständig. Sie erhalten ihre Bestrafung. Sollte es dennoch niemanden abhalten, Unfrieden zu stiften, und Attacken gegen die Herrschenden anzuzetteln, viel haben sie damit noch nicht erreicht. Das Leben, das sich überall anschaulich abzeichnet, beweist es. Unzufriedene gibt es allerorts. Diese als geballte Masse auftreten zu lassen, dazu ist auch ein Prikot nicht geschaffen. Schlachten zu führen ergibt sich zwangsläufig daraus, wenn die Nation angegriffen wird. Bisher jedoch spielt sich alles außerhalb des Landes ab. Jeder versteht den Schmerz der Angehörigen, wenn Familienmitglieder nicht mehr zurückkehren. Dafür werden dann die Siegreichen umso herzlicher empfangen. Wer dies aber als Grundlage zu einer Revolte heranzieht, dessen Platz kann niemals in dieser Nation sein.

Für Rocheau ist dieses Thema nur unterschwellig anzusehen. Abträglich allen Lebens könnte ihr Verhalten nur dann werden, wenn ihnen zu viel Spielraum belassen wird. Ein Prikot weiß das immer zu nutzen. Welche Befugnisse werden ihm daher zu Füßen gelegt? Den Bogen zu überspannen, dessen Folgen dürfte sich auch ein Prikot bewusst sein. Ihm daher weniger Aufmerksamkeit zukommen zu lassen, dürfte Wunder bewirken. Er, Rocheau, ist jedenfalls weit davon entfernt, einen Prikot als Freund anzusehen, oder gar Prikot als ernsthaft einzustufen. Wer immer dieser Prikot auch sein mag, er wird ihm bei seinen Unternehmen keineswegs behilflich sein. Sollten diese zur Gefahr werden, befände er sich mittendrin. Wenn es der höheren Gesellschaft hilft, ihrem Dasein etwas mehr Abwechslung zu bieten, und es schlägt sich wohltuend in ihren täglichen Anforderungen nieder, so mag es seine Berechtigung haben.

Fieberhaft versucht Cartalan nach dem Desaster bei Prikot, den Faden wieder aufzunehmen. Was ist daran lobenswert? Eine Visite bei Rocheau? Ungebeten dort einzudringen widerstrebt ihn. Dies gehört nicht zum guten Ton. Dass es dennoch in umgekehrter Richtung geschah, lag wohl mehr an der Festlichkeit, die er gab. Ein zaghaftes Vorgehen dünkt ihm daher gesellschaftlicher als überraschendes Anklopfen, um Einlass zu erhalten.

Dann kam ihm Rocheau doch etwas entgegen. Eine Depesche erreicht Cartalan. Nach Fürsprache von Rocheau ist Graf Cartalan bei Gräfin Berchelo ein Platz zu einem Diner reserviert. Nur was Cartalan schmerzhaft trifft, weil unverständlich, es wurde nicht vermerkt, ob es ihm gestattet ist, eine Begleitperson mit sich zu führen. Wie ist das zu verstehen? Geschah dies absichtlich, oder war es doch nur ein Versehen? Sollte jedoch Absicht dahinterstehen, so wäre dies ein Affront gegen ihn. Rocheau wird hier zur Aufklärung beitragen müssen.

Als die Einladung eintraf, Sophie erkannte sofort, worum es sich bei diesem Schriftstück handelt, schlug ihr Herz bis zum Hals. Sie konnte kaum die Bestätigung Cartalans, dass sie mit ihrer Annahme richtig lag, abwarten. Kurz nur überflog Cartalan diese paar Zeilen. Dann trug er Sophie auf, seine Kleidung zurechtzulegen. Kein Wort verlor Cartalan darüber, ob er gedenkt, eine weitere Person mitzunehmen. Ihrerseits Fragen zu stellen, ziemt sich nicht. Mehr im Unterbewusstsein als mit Sorgfalt erfüllt Sophie diesen Auftrag. Halbherzig begleitet Sophie Cartalan zur Kutsche. Cartalan spürt ihre Trauer. Leicht berührt er den Arm von Sophie.

»Sophie, die Etikette sollte gewahrt bleiben. Diese Einladung ist nur für eine Person ausgeschrieben, und dann auch nur auf meinen Namen. Weder eine Verlobte, geschweige denn eine Ehefrau ziert mein Chalet. Wen als zweite Person könnte ich als Begleiterin anführen? Hätte es eine Rücksprache mit mir gegeben, würde es sich anders darstellen. Es bleibt bestimmt nicht bei der einen Einladung. Du bekommst noch ausreichend Gelegenheiten, mich zu begleiten. Rocheau wird mir beistehen. Wartet daher auch nicht auf mich. Es dürfte spät werden.«

Ein kurzes Winken, dann fuhr die Kutsche in die Nacht hinaus. Nur zu gut weiß Cartalan, was in Sophie vor sich geht. Doch was bringt sie dazu? Hat er ihr irgendwann einmal Avancen gemacht, die sie berechtigen, mehr in ihm zu sehen als nur den Herrn, dem sie dienen soll? Als gegeben kann angesehen werden, Sophie ist ihre Herkunft nicht anzusehen. Es dürfte auch kaum jemanden verwundern, wenn Sophie der Schrift und des Lesens mächtig wäre. Danach zu fragen dürfte sich aufgrund ihres Verhaltens zu dieser Einladung für Cartalan erübrigen. Es kann davon ausgegangen werden. Sollte an dem, was sich in Sophie abspielt, einzig und alleine dieses eine Diner bei Prikot die Schuld daran tragen? Wenn dem so sein sollte, bedarf es ausführlicher Gespräche zwischen ihm und Sophie. Vorwiegend darüber, ob es schicklich sei, ihn, Cartalan, zu begleiten. Ungünstiger hätte sich diese Erkenntnis für Cartalan nicht mehr auswirken können.

Die Kutsche hält an. Zeit, sich der Gegenwart zu widmen. Die Galanterie ist Cartalan geläufig, sodass es zu einem unrühmlichen Auftritt seinerseits nicht kommt. Als der Zeremonienmeister den Namen Cartalan samt seinen Titel verkündet, ruhen alle Augen auf ihm. Einiges bleibt dann doch unverständlich. Graf hin, Graf her. Zu wem gehört dieser? Zu den Bourgeois? Zu den Bourbonen? Niemand vermag hier die richtige Antwort zu geben. Dennoch wurde er eingeladen. Halten sie sich auch mit Kritiken, dem Souper angemessen zurück, doch Fragen zu stellen, dieses Recht wird ihnen, wenngleich auch hinter vorgehaltener Hand, zugestanden werden müssen. Die Damenwelt dürfte hier am eifrigsten daran teilnehmen. Hinter ihren Fächern fallen schon Sätze wie: Cartalan? Wer ist das? Welcher Grafschaft steht er vor? Wie ist er einzuordnen? Verständlich ist diese Überraschung schon, wurde doch bislang ein Graf Cartalan noch nirgends gesichtet. Wem der Lebensstandard dieser Damenwelt geläufig ist, wird verstehen, wenn gerade sie großes Staunen an den Tag legen. Wer sich nicht gerade mit der neuesten Bekleidung beschäftigt, durchforstet die Post nach Einladungen zu Diners, um dort zu verweilen. Ist in diesem Zusammenhang schon einmal der Name Cartalan gefallen? Ihnen hier ist er noch nicht aufgefallen. Wie ist er einzustufen? Als Grandseigneur? Dies widerspricht seinem Alter. Als Emporkömmling? Dies wiederum steht im Gegensatz zu seiner Aufmachung. Also doch wieder nur einer, dem seine alte Umgebung nichts mehr zu bieten hatte. Wie lange wird Cartalan all das, was auf ihn hereinfällt, über sich ergehen lassen? Abträgliches Verhalten ist ebenso verpönt wie unschickliches Überdimensionales. Obgleich dieses noch eher Anklang findet. Nur damit vermag er nicht aufzuwarten.

Rocheau verfolgt die Einführung Cartalans aus sicherer Entfernung. Er will Cartalan die Möglichkeit einräumen, sich rühmlich einzuführen. Bei erstbester Gelegenheit wird er sich seiner annehmen.

Mag es auch nicht leicht für Cartalan sein, sich dem zu stellen, kaum mit den Gepflogenheiten der Bourbonen vertraut, steht er ihnen gegenüber. Er wird dies als eine Lehrstunde betrachten müssen. Die ersten Anstandsbezeugungen von ihm wurden höflich erwidert. Dann nahm Rocheau Cartalan zur Seite. Ein freundliches Lächeln überzog das Gesicht von Rocheau. Es gab auch lobende Worte.

»Tapfer geschlagen, Graf.«

»Was sollte ich dem noch hinzufügen, Marquis?«

»Es dürfte wohl nicht das erste Parkett dieser Art sein, auf dem Sie sich gerade bewegen.«

Dies war dann schon mehr eine Feststellung als eine Frage. Von dieser kann wohl jeder ausgehen. Wie sonst sollte er es verstehen, sich in derartiger Gesellschaft so vollendet zu verhalten.

»Dies trifft wohl zu, Marquis. Nur die Anlässe hierzu und die Aufwartung waren ungleich anderer Art.«

»Wenn ich Sie recht verstehe, Graf, bezieht es sich mehr auf Musik und Tanz.«

»Dies alleine wäre noch zu verstehen. Nur die Aufmerksamkeit, die man jedem Einzelnen angedeiht, birgt etwas Befremdendes in sich. Hinter ihren Fächern, so nehme ich an, wird so manches gemunkelt. Wie sich demgegenüber verhalten?«

»Graf, Ruhm und Tadel gehen immer miteinander einher. Was die eine als anstößig empfindet, erquickt eine andere. Sie ist geradezu entzückt davon. Jeder sucht so den Punkt, um einerseits auf sich aufmerksam zu machen, andrerseits aber auch wieder seine Blicke schweifen zu lassen, um so ins Gespräch zu kommen. Fatal kann es nur dann werden, verehrter Graf, wenn die gemeinte Person in Versuchung gerät, einiges richtigstellen zu wollen. Wortlos übergehen. Der Augenblick, Missverständnisse aufzuklären, ergibt sich.«

Wie dem begegnen? So hinstellen, als ob er sich davon nicht betroffen fühlt? Will Cartalan in dieser elitären Gesellschaft ankommen, wird ihm nichts anderes übrig bleiben. Alles, nur keine Hochmut an den Tag legen. Fremdes aufnehmen wie damit umzugehen, das bleibt jedem selbst überlassen. Rocheau wird Cartalan wohl noch des Öfteren beistehen müssen. Wie lange eine derartige Freundschaft geboten bleibt, darüber nachzudenken – die Musestunden, in denen er sich zurückziehen kann, werden es ihm ermöglichen. Gefährlich könnte es für ihn nur dann werden, wenn sich das Gesicht Sophies in jeder anderen widerspiegelt. Noch schwerer würde es dann, eine klare Linie zu ziehen. Wäre Sophie von Adel, er hätte längst das zu ihm Passende gefunden. Wie lange vermag er dem noch standhalten? Was bleibt, weiter Huldigungen aussprechen und selbst solche entgegennehmen. Aber niemals Vergleiche anstellen. Besonders niemanden verspüren lassen, für wen schon das Herz schlägt.

›Cartalan, bedenke, wo du dich befindest, und zu wem du dich gehörig wähnst.‹

Rocheau seinerseits ist weiterhin mit der Ausstrahlung Cartalans zufrieden. Somit kann er sich anderem zuwenden. Wenngleich sich auch Rocheau mit Sophie mehr beschäftigt als sonst üblich. Aufgefallen ist ihm Sophie bei seinem Besuch bei Cartalan schon. Ruft er dann auch noch das Maskenfest bei Prikot in Erinnerung, Sophie nahm frühzeitig die Maske ab, sodass ihre Schönheit so richtig zur Geltung kam. Zieht Rocheau dann noch ihre Anmut in Betracht, wovon sich andere Gräfinnen, Marquisen, und wessen Standes sie auch immer sein mögen, eine Scheibe abschneiden können, ist das Schwärmen Cartalans für Sophie nur mehr als verständlich. Sein fortgeschrittenes Alter im Vergleich zu Cartalan lässt ihn, Rocheau, diese Angelegenheit doch etwas nüchterner betrachten. Wem immer Sophie sich zuwendet, schwer wird es für jeden, sich ihrer Faszination zu entziehen. Wie stark Cartalan Sophie schon zugetan ist, hoffentlich gelingt es ihm, den nötigen Abstand zu wahren. Sollte dies ihm nicht gelingen, nimmt sich sein weiterer Weg bescheiden aus. Eingebunden zu werden in die Hierarchie der Bourbonen, oder gar den Aufstieg in die Belle Etage zu erlangen, dazu kann es dann nicht mehr kommen. Ihm, Rocheau, würde es ebenso schwerfallen, sollte er gezwungen sein, eine Entscheidung treffen zu müssen. Entscheiden muss sich hier Cartalan. Entscheiden zwischen Liebe zu einem Wesen, das zwar mit Schönheit und allen Tributen einer Frau im Überfluss gesegnet, doch dem weder Titel noch Besitz zur Verfügung steht. Oder dem anderen, das er so hartnäckig verfolgt, abschwören. Was Cartalan persönlich betrifft, dieser scheint auch nicht gerade über große

Worte zu verfügen. Ein weiterer Zufluss würde hier den Strom dann doch etwas breiter werden lassen. Ebenso sein Ansehen steigern. Mit wem auch immer, sein Dasein wird Cartalan nicht alleine verbringen. Beides zusammen, Schönheit und Besitz, das wäre zu einfach. Daran glaubt auch ein Cartalan nicht.

Das Fest neigt sich dem Ende entgegen. Cartalans nachdenkliches Gesicht sagt Rocheau alles. Aufmunternde Worte wird er Cartalan mit auf den Weg geben. Wie wichtig die Pflege dieser Kontakte für alles Weitere bleibt, dürfte auch Cartalan längst zur Gewissheit gekommen sein. Doch Prioritäten zu setzen, obliegt nach wie vor den Bourbonen. Wer dies nicht beachtet, verliert rasch den Anschluss. Ein Zurückfinden ist dann so gut wie unmöglich. Es mag schon zutreffen, dass er, Rocheau, als Marquis mehr Zugang findet. Letzten Endes aber liegt es an jedem selbst, wie er das Gebotene zu nutzen gedenkt. Es drängt nicht, somit kann er den Dingen seinen freien Lauf lassen. Auf welche Weise Cartalan dieses Fest noch einmal in seinen Gedanken Revue passieren lässt, wird sich ergeben. In der Hauptsache dienen solche Feste nur dazu, sich neu in Erinnerung zu bringen.

Etwas ist Rocheau mit der Fürsprache für Cartalan bei der Gräfin Berchelo, Cartalan zu diesem Fest einzuladen, dann doch gelungen. Ein neuer Name ist in aller Munde. Wie begierig jeder darauf ist, auch das Dazugehörige in Augenschein nehmen zu dürfen, dieses Fest könnte hierzu ein Gradmesser sein. Überdenken wird Rocheau ebenso, ob Cartalan auch Akzente setzen konnte. Zu wünschen wäre es ihm. Ein anderes Denken sollte immer willkommen sein. Wie es allerdings um die Akzeptanz der Bourbonen zu ihm steht, bleibt unergründlich. Sie erinnern sich meist erst dann, wenn sie selbst in Bedrängnis geraten, dass auch ihnen Hilfe zuteilwerden kann.

Schreckensbilder zeichnen sich am Horizont noch nicht ab. Die leichten Unruhen, die es gab, wurden rasch befriedet. Viel Aufregung gab es im Lande deswegen nicht. Mit dem Eingliedern bisheriger fremder Gebiete wuchs zwar der Bedarf an den hierfür nötigen Persönlichkeiten, dies eröffnet zugleich anderen aristokratisch Gestellten, leichter Zugang zu ihrer Dynastie zu finden. Hierzu bedarf es in den meisten Fällen noch nicht einmal eines Gebietswechsels. Was dem Regieren im eigenen Lande nur zuträglich sein kann. Dennoch, dem Einfluss Fremder wird immer mit Argwohn begegnet. Es werden immer Vergleiche gezogen, ob sich dieses oder jenes mit dem hier Angestammten verträglich ausnimmt. Vermischungen fallen daher leichter zum Opfer, als dass sie Anklang finden könnten. Althergebrachtes wird sich auch weiterhin stets in den Vordergrund schieben. Wer will auch schon Verzicht üben. Gerade auf das, was ihm die Vorteile bescherte, die ihm Wohlstand und Ansehen garantieren. Jeglicher Entsagung offen entgegentreten. Die Bourgeois bekommen von solchen Feldzügen kaum etwas mit, das sie beunruhigen würde. Außer wenn die Schatulle Seiner Majestät, wie schon des Öfteren, wieder einmal Not leidet. Die Not des Volkes ist nicht die ihrige. Damit sich nichts ins Gegenteil verkehrt, sorgt jeder dafür, dass wenigstens hier keine Stockung eintritt. Zeichnet sich jedoch ab, dass sie ihren Neigungen nicht mehr in dem Umfang wie gewohnt nachkommen können, werden Unmutsbekundungen gerade bei ihnen nicht mehr lange auf sich warten lassen.

Die Nachrichten, die momentan kursieren, verkünden nichts anderes als bisher. Gemunkelt wird immer. Auch bei Prikot ist keine Änderung in Sicht. Wenn, dann ist er der Erste, der dies spürt. Somit besteht auch keine Gefahr zu einer Verstimmung unter dem Volk.

Eigentlich, so Rocheau, wäre es gegeben, dem Grafen Cartalan einen Besuch abzustatten. Cartalan zu sich einzuladen, hierzu gibt es keine Notwendigkeit. Er wird es so darstellen, als befände er sich auf einer kurzen Reise durch die nähere Umgebung. Ein ungutes Gefühl befällt ihn nur – wird Bertrand den Weg finden, und vor allem wird Cartalan ihm dies auch so abnehmen? Anzunehmen ist, dass Bertrand in der Provence sich bestens auskennt. Doch seine Ausrede? Abwarten, Rocheau.

Mit welcher Euphorie Bertrand den Auftrag, seinen Marquis zu Cartalan kutschieren zu dürfen, aufnahm, Rocheau kam aus dem Staunen nicht mehr heraus. Sein erster Gedanke war Sophie. Sollte es an dem sein, wird er wohl ein paar Worte mit Bertrand reden müssen. Er sprach ihn daher auch gleich darauf an.

»In deinen Augen, Bertrand, lese ich Freude über diese Reise. Diese ist doch bestimmt auch nicht immer bequem. Gibt es einen triftigen Grund, der eine derartige Freude in dir aufkommen lässt, dass du es kaum erwarten kannst?«

»Ja, Marquis.«

Mehr wollte im Augenblick Bertrand nicht verraten. Nur ein Rocheau liebt es nicht, im Ungewissen gelassen zu werden.

»Also, Bertrand, heraus mit der Sprache.«

Dann stammelt Bertrand:

»Madeleine.«

Aufatmen bei Rocheau. Wenigstens nicht Sophie.

»Wenn es dir zum Vorteil gereicht, Bertrand, dann nichts wie los.«

Das Anschirren der Pferde hat Bertrand noch nie in einer solchen Eile vollzogen als heute. Die Kutsche stand schon lange abfahrbereit vor dem Chalet, lange bevor Rocheau zur Abreise bereit war. Wer auch immer diese Madeleine sein mag, wenigstens ist es nicht Sophie. Liebschaften unter dem Dienstpersonal sind nichts Ungewöhnliches. Nur im Falle Sophie hätte eine solche schwerwiegende Konsequenzen mit sich bringen können. Einer weiteren Unannehmlichkeit wird hier Rocheau enthoben, bevor sie entstand. Um den Weg zu Cartalan zu finden, so Rocheau, dürfte sich Bertrand schon ausreichend damit beschäftigt haben, sodass er den kürzesten Weg wählen wird. Hoffentlich verliert Bertrand nicht in seiner grenzenlosen Euphorie den Blick für die Wege. Ermahnungen dürften dennoch nicht angebracht sein.

Beschert auch die Ablehnung Cartalans an der Mitnahme Sophies zu dem Diner bei Berchelo nicht gerade Totenstille im Chalet von Cartalan, die Bedrücktheit von Sophie erfasst dann doch alle. Allgemein gilt doch Sophie im Chalet als der Sonnenschein. Ihre aufmunternde Haltung, die Bereitschaft auch einmal mehr zu leisten als üblich, reißt die anderen doch immer mit. Und nun diese Absage. Josefine wird alles aufbieten müssen, was ihr zur Verfügung steht, um Sophie wieder zurückzuführen. Und zwar auf den Boden, wohin sie eigentlich gehört.

»Sophie. Bisher war ich der Meinung, du weißt um den Unterschied. Wie konntest du das vergessen?«

»Habe ich zu viel erwartet, Josefine?«

»Du glaubtest mit der neuerlichen Einladung, es könnte diesmal dazu kommen.«

»Was sollte daran falsch sein?«

»Ob falsch oder richtig, Sophie, wer nimmt das schon zur Kenntnis. Hat dich der Wunsch des Grafen, ihn zu Prikot zu begleiten, so aus der Bahn geworfen? Ich vermag es nicht zu glauben.«

Sophie stützt den Kopf in beide Hände.

»Josefine, bedenke. Treten wir vor sie hin, ist das für uns so, als würden wir in eine andere Welt entschweben. Weniger schön fand ich nur, dass ihre Gesichter nicht zu erkennen waren. Ich hätte zu gerne gewusst, wer sich dort alles amüsiert.«

»Auch beim Diner nahmen sie die Masken nicht ab?«

»Diner. Da sagst du etwas. Jeder ergriff sich etwas und entschwand. Dunkle Ecken gab es ja genug.«

»Dunkle Ecken, Sophie. Hier sprichst du etwas an. Prikot ist eine ebenso dunkle Gestalt. Wer zeigt in einer solchen Umgebung schon sein wahres Gesicht. Repressalien wäre jeder ausgesetzt, der zugeben müsste, wo er sich eingefunden hatte.«

»Was hat es mit diesem Prikot auf sich?«

»Das fragst gerade du?«

»Was sollte ich darüber wissen?«

»Du kannst im Gegensatz zu uns lesen und schreiben. Steht nichts über ihn in den Depeschen?«

Erschrocken blickt Sophie Josefine an.

»Woher weißt du das?«

»Ich beobachte jedes Mal, wenn so etwas eintrifft, wie du das betrachtest.«

»Ich kann in der kurzen Zeit, wo ich es in Händen halte, nichts Genaues erkennen. Ich wage auch nicht, dies eingehend zu lesen. Der Graf soll nicht in Erfahrung bringen, dass ich dessen mächtig bin. So glaubt er seine Geheimnisse vor uns besser verbergen zu können. Aber so groß sind diese gar nicht. Ich habe noch keines aufgespürt.«

»Sophie«, entfährt es Josefine.

»Du kannst beruhigt sein, Josefine. Der Graf bewahrt nichts Geheimes auf.«

»Lass es ihm trotzdem nicht auffallen.«

»Ich werde mich hüten.«

»Konstatiere ich richtig, Sophie, so hast du dein Herz an ihn verloren.«

»Ist das ein Verbrechen?«

»Als ein Verbrechen ist es nicht anzusehen, Sophie. Vergesse nur deine Herkunft nicht. Cartalan verkörpert letztendlich einen Grafen. Du hingegen bist eine Entrechtete. Weder die Bourgeois, geschweige die Bourbonen würden einer solchen Verbindung ihre Zustimmung geben. Was nutzt dir dann ein Graf als Mann, wenn er überall auf Ablehnung stößt. Nein, Sophie. Das nimmt auch ein Cartalan nicht auf sich. Was ist geschehen, außer der Begleitung zu Prikot, dass du dir Hoffnungen machst?«

»Der Blick seiner Augen auf der Fahrt zu Prikot. Dort angekommen jedoch, schien er alles vergessen zu haben. Er befand sich ständig auf der Suche.«

»Was hast du erwartet? Doch nicht etwa, dass er den ganzen Abend mit dir Menuett tanzt, oder gar Händchen haltend durch den Saal schreitet? Cartalan ist nicht so ausgestattet wie jene aus der Bourgeoisie, oder gar die Bourbonen. Er benötigt eine reiche Frau, um mithalten zu können.«

»Jetzt sprichst du genauso wie Bertrand.«

»Wer ist Bertrand?«

»Der Kutscher vom Marquis.«

»Was gab er dir zu deinem Wunsch zu verstehen?«

»Dass sich meine Hoffnung niemals erfüllen wird.«

»Behalte alles wie einen schönen Traum in dir, Sophie. Einen Traum, der niemals zur Wahrheit werden kann. Sollte Cartalan dennoch etwas für dich empfinden, er wird es dich spüren lassen. Würde dies jemals geschehen, Sophie, es wäre das Verrückteste, was sich ereignen könnte. Doch wer weiß.«

Tränen rinnen über das Gesicht von Sophie. Sie kann nicht mehr an sich halten, es muss heraus.

»Herz, warum schlägst du für jemanden, wo du weißt, dass es niemals zur Wahrheit werden kann?«

Sanft streicht Josefine Sophie übers Haar.

»Das hast du schön gesagt.«

Unsanft werden sie aus ihrer melancholischen Stimmung gerissen. Marcel, der Diener, stürmt in die Küche.

»Eine Kutsche rückt an.«

Geistesabwesend starren beide Marcel an. Josefine ruft ihm noch zu:

»Was haben wir mit der Kutsche zu schaffen? Das ist dein Part.«

Da schlägt die Tür hinter Marcel auch schon zu. Josefine hantiert in der Küche und tut so, als ob. Es könnte ja sein, dass dem Herrn der Besuch genehm ist, so wird er auch verköstigt. Dafür ist dann sie, die Köchin, zuständig. Sophie schiebt die kleine Gardine vom Fenster etwas zur Seite, da kommt auch schon ihr Ausruf:

»Bertrand, Josefine. Es ist die Kutsche vom Marquis.«

Ob sich außer Bertrand und Sophie über das Kommen noch jemand freut? Etwas zu hektisch benimmt sich Bertrand beim Ausschirren der Pferde. Rocheau bemerkt dies, zeigt aber auch zugleich Verständnis. Schmunzelnd schüttelt er den Kopf.

»Bertrand.«

Dann wird Rocheau auch schon vom Diener ins Chalet begleitet. Cartalan geht ihnen entgegen. Rocheau entschuldigt sich sogleich.

»Pardon, Graf, für meinen unpassenden Besuch.«

»Marquis, ich bin einer Entschuldigung wohl kaum würdig. Unerwartete Besuche können sich mitunter einträglicher ausnehmen als angekündigte. Welches Anliegen bewog Sie, Marquis, diese beschwerliche Reise in die Provence anzutreten? Oder war es nur eine spontane Laune Ihrerseits?«

»Das Letztere, Graf. Das Letztere.«

»Dann ausgerechnet die Provence.«

»Verehrter Graf, nach dem lauten und nichtssagenden Hin- und Hergewoge bei den Debatten, was erfreut des Menschenseele mehr als ein Hort des Friedens? Wenngleich auch anderes unabdingbar bleibt. Beides zur gleichen Zeit lässt sich nun einmal nicht erlangen. Anmerken möchte ich noch, Graf, dies ist nicht der alleinige Grund meines Kommens. Mir ist mehr an einer Fortsetzung unseres Gespräches bei Berchelo gelegen. Falls Sie, Graf, daran interessiert sein sollten.«

»Die Zeit, um ausführliche Gespräche zu führen, war bei der Gräfin Berchelo, das muss ich eingestehen, zu kurz. Es gab kaum Gelegenheiten, ausführlich in Erörterungen einzutreten. Was auffällig war, das Getuschel untereinander. Wer sich dem ausgesetzt fühlt, wird wenig Lust verspüren, dies erneut zu tun. Ich für meinen Teil, Marquis, sehe keine Veranlassung, höfischem Getue beizuwohnen. Meine Ausführungen werden Sie, Marquis, wohl kaum zufriedenstellen, aber es gibt keine anderen.«

»Graf, lassen Sie erst einmal den ersten Sturm vorüberziehen. Schenken Sie jenen, die es nun mal nicht lassen können, höflich, dafür bestimmt selten Gelegenheit, Ihre Nähe zu suchen. Nichts ist wirksamer als ein entschuldigendes Lächeln, mit einem Vertrösten auf später. So gesehen gilt man noch lange nicht als unnahbar, oder gar introvertiert. Diesen Madams macht die Langeweile mehr zu schaffen, als die Wahl für das richtige Kleid zu treffen. Ausweichen, Graf. Wenn es sein muss, Umwege ansteuern. Anders gelingt es nicht, diese Aufgetakelten zur Räson zu bringen. Was fehlt, das ist eine ausgefüllte Beschäftigung für diese Madams. Sie sind nicht ausreichend eingebunden in das Tagesgeschehen. Es sei denn, sie geben selbst ein Souper. Was aber selten genug vorkommt. Es ist ja auch einfacher, andere für das Wohl der Gäste Sorge tragen zu lassen. Also, Graf, so viel zu dieser Sippschaft. Hat sich Ihrerseits etwas getan, was als positiv zu bezeichnen wäre?«

»Im eigentlichen Sinne nicht. Doch das ist es nicht, was mich sorgt. Was meiner Seele zunehmend Schmerz bereitet, betrifft Sophie.«

»Sophie. Das faszinierende Wesen.«

»Wenn es nur das wäre.«

»Was gibt es noch an Sophie, was Ihnen das Leben so schwer macht?«

»Sophie hadert mit ihrem Dasein.«

»Sie fühlt sich demnach unglücklich. Wo glaubt Sophie das Glück zu finden?«

»In unseren Kreisen.«

Erstaunt blickt Rocheau Cartalan an.

»Das ist bedenklich, Graf. Wie hat sich das geäußert?«

»Vor der Abfahrt zur Gräfin Berchelo. Sophie konnte oder wollte nicht verstehen, dass diese Einladung nur auf meine Person ausgeschrieben war. Wie weh mir Sophie mit ihren Tränen tat, ich konnte bis heute noch nicht darüber sprechen.«

»Bedenken zur eigenen Courage, Graf?«

»Respekt vor Sophie.«

»Eine solche Einstellung macht es nicht einfacher, die passenden Worte zu finden. Auch ich mache mir seit Langem Gedanken darüber, wer oder was verbirgt sich hinter Sophie?«

»Dieses Geheimnis zu lüften, Marquis, bedarf weitreichender Hilfe. Sophie ist und bleibt auch für mich ein wandelndes Geheimnis. Was ich bisher noch nicht so richtig als gegeben ansah, die gesamte Dienerschaft versteht weder zu lesen noch zu schreiben. Wie aber verhält es sich mit Sophie?«

»Haben Sie schon einmal Sophie beobachtet, wenn sie Geschriebenes in den Händen hält, wie sie das betrachtet? Eine derartige Betrachtung eines Schreibens könnte Aufschluss geben.«

»Nein, Marquis. Dieser Gedanke ist mir noch nicht gekommen. Hierzu muss ich auch gestehen, es ist nicht meine Art, andere zu beobachten oder gar in ihren privaten Sachen zu kramen. Wenngleich auch alle eine Vertrauensstellung haben, ich werde es dennoch nicht tun. Was bleibt, ich werde mich eingehend mit Sophie darüber unterhalten.«

»Sollte es an dem sein, Graf, wie Sie vermuten, was wird dann geschehen?«

»Verlieren wir uns noch nicht in etwas, Marquis, was niemand voraussehen kann, nur weil es nicht sein darf. Sophie darf kein Leid oder gar Schaden zugefügt werden.«

»Jetzt spricht das Herz, Graf.«

»Ich komme nicht daran vorbei.«

»Wenn ich Ihnen behilflich sein kann, Graf, lassen Sie es mich wissen. Sollte Sophie keine Zeugung der Entrechteten sein, wäre es verwerflich, wenn sie nicht in den Stand, zu dem sie allem Anschein nach gehört, gehoben würde.«

»Erschrecken Sie mich nicht, Marquis. Obgleich ihr

ganzes Wesen dafür spricht. Auch anderes, wie und was es auch immer sei Sophie angeht, lässt eine gute Erziehung erkennen. Gehen wir dennoch nicht am Wahren vorbei. Sophie ist aus dem Volk der Entrechteten hervorgegangen. Wenn nicht – wie es zu ihrer jetzigen Situation kam, vielleicht findet sich die Wahrheit.«

»Irgendwo, Graf, lässt sich immer etwas finden. Ganz auslöschen, noch dazu wenn es im Interesse anderer liegt, lässt es sich nicht. Geben Sie dem Zeit.«

»Ich werde mich in Geduld fassen.«

»Was Sie schon jetzt in Angriff nehmen können, stellen Sie Sophie unverfängliche Fragen. Fragen, die aber auch zugleich keine Hoffnungen wecken. Alles sollte in einer Atmosphäre, die nicht gleich familiär sein muss, doch etwas entspannt stattfinden. Das schafft Vertrauen. Dies ist aber noch nicht alles an Gründen meines Besuches. War das Fest bei Prikot dann doch noch für Sie zufriedenstellend?«

»Prikot. Als angenehm bleibt mir dieser Besuch nicht in Erinnerung. Undurchschaubar die Gäste. Wie setzte sich das alles zusammen?«

»Werter Graf, unterschätzen Sie das Publikum nicht. Es hat schon seine Bewandtnis mit den Masken. Prikots Feste finden Sie in keiner Skala der Festlichkeiten. Welch hochkarätige Namen sich hinter den Masken verbergen, gerade das macht alles so reizvoll. Wer sich hinter dem Namen Prikot in Wahrheit verbirgt, dieses Geheimnis gehört mit dazu.«

»Welchem Zweck soll das Ganze dann dienlich sein, Marquis?«

»Auch das ist leicht zu erklären. Wer wagt sich schon

von den Bourgeois oder den Bourbonen in die Niederungen der Entrechteten. Dennoch möchte jeder dem nahe sein. Jeder hat so seine eigenen Zubringer. Jede, und sei es auch nur die kleinste Unmutsbekundung, macht dort die Runde. Jegliche Verstimmung unter den Entrechteten kann wertvoll sein. Obgleich zum gegenwärtigen Zeitpunkt keine Veränderungen zu erwarten sind. Kocht erst einmal die Volksseele über, ist es meistens zu spät. Die Steuereintreiber bekommen das dann als Erste zu spüren. Nicht selten artet es in Gewalt aus. Das trifft auf beide Seiten zu. Etwas möchte ich noch anmerken, Graf. Erwähnen Sie niemals den Namen Prikot. Dieser Name ist für keinen existent. In den Einladungen heißt es, wie Sie bereits wissen, lapidar ›Ball de Soleil‹. Jeder weiß, worum es hier geht. Wer interessiert zuhört, erfährt so das Neueste, was sonst nicht möglich ist. Wer kann es sich auch schon erlauben, im vollen Prunk durch die dunklen Gassen zu schreiten.«

»Ist dies nicht doch etwas zu engstirnig gesehen, Marquis? Wer hält den Hof am Leben? Sind es denn nicht gerade die Entrechteten mit ihrer Schaffenskraft? Aber das muss wohl so sein.«

»Graf, sinnieren wir nicht über Dinge, die weitab von uns liegen. Was es vorrangig zu beachten gilt, Berührungen vermeiden. Jeder hat seine Ausführer für das, was anliegt. Welche Entscheidungen dann getroffen werden, obliegt Seiner Majestät dem König. Wir als Gerufene haben auch nur das Vorschlagsrecht. Ernsthafte Debatten gibt es daher nur sehr selten. Was der Hof und der Marshall für ihre Aufgaben benötigen, wird genehmigt. Anderes bedarf es nicht. Versuchen Sie dort, wo es für Sie wichtig ist, einen Fuß in die Tür zu stellen, damit diese immer einen Spaltbreit offen bleibt. Geben Sie sich jovial, dann bleibt Ihnen der Zuspruch erhalten. Hoffentlich, Graf, habe ich nicht Ihre kostbare Zeit zu sehr überstrapaziert. Ich bitte nochmals für mein unangemeldetes Eindringen um Entschuldigung. Wegen Sophie – legen Sie keine übertriebene Eile an den Tag. Es könnte sonst zu Verwirrungen führen. Um Segenswünsche anzubringen, ist später noch immer ausreichend Zeit.«

Nachdem Rocheau das Chalet verlassen hat, bleibt Cartalan noch lange in sich versunken zurück.

Dass die Bourgeois oder die Bourbonen, die das Volk regelrecht ausplündern nicht gut angesehen sind, ist nichts Ungewöhnliches. Zu verstehen sind ebenso wenig die heimlichen Verfolgungen der Entrechteten. Wer sorgt für den Wohlstand? Kann es für ihn von Vorteil sein, in ihrer Dynastie aufgenommen zu werden? In Zeiten, so wie diese sich jetzt anbieten, ja. Doch dreht sich der Wind, was dann? Jeder, der in bunten Gewändern, noch dazu in einer Kutsche durch das Land fährt, wird leicht zum Feind. Wie viel Schuld der Einzelne mit daran trägt, was zählt das schon. Sophie, ihr glaubt, Cartalan es schuldig zu sein, die Verbindung aufrecht zu halten.

Einen etwas in sich gekehrten Bertrand fand Rocheau vor, als er zur Kutsche zurückkam.

›War wohl keine Stunde des Glückes für ihn.‹

So war es auch. Was auch immer Bertrand bei Madeleine versuchte, Bertrand war Madeleine keines Blickes würdig. Welche Worte, so Bertrand, sind die richtigen? Jedem Versuch hierzu wich Madeleine aus.

›Also, was soll's.‹

Langsamen Schrittes begibt sich Bertrand zur Kutsche.

›Hoffentlich hält es den Marquis nicht zu lange beim Grafen.‹

Aufatmen bei Bertrand, als Rocheau kam. Nun konnte es heimwärts gehen.

Zufriedenstellend war für keinen dieser Tag. Abgesehen von dem, was Rocheau über Sophie vorbrachte. Er verfällt hier in Selbstgespräche.

›Rocheau, wie glaubst du, soll das vonstattengehen? Ohne Mithilfe von Sophie, nicht. Ebenso wenig ohne Offenheit Sophie gegenüber lässt es sich durchführen.‹

Dann nahm Cartalan das Thema Sophie in Angriff. Sein Empfinden jedoch für Sophie darf niemals offenkundig werden. Dies würde ein Feuer entfachen, das niemals mehr zu löschen wäre. Es kann nur beiläufig geschehen. Nach langem Schweigen nimmt Cartalan allen Mut zusammen, um sich bei Sophie vorzutasten.

»Sophie, ist bei dir nach dem unschönen Ereignis bei der Gräfin Berchelo die Ruhe eingekehrt? Es wäre schön.«

»Sah es so aus, als ob ich unruhig geworden wäre?«

»Unruhig weniger, vielmehr enttäuscht über die Umstände, die eine Teilnahme deinerseits verhinderte gewiss.«

»Wenn es so wäre, ist dies verwerflich, Graf?«

»Verwerflich nicht, Sophie. Nur unpassend. Mein Name ist noch nicht allen geläufig. Noch weniger meine Familienverhältnisse. Hätte ich eine Gräfin aus diesem

Lande zur Seite, würden sich die Einladungen nur so häufen. Solange aber dieses Alleinsein von mir Bestand hat, werden Einladungen nur auf meine Person ausgeschrieben. Dennoch würde ich gerne etwas mit dir erörtern, Sophie.«

Wie ist ihr Blick zu verstehen? Hoffentlich, so Cartalan, keimt keine Hoffnung in ihr.

»Ich habe mich lange mit Marquis Rocheau über dich unterhalten. Es mag zutreffen, dass du das als ungehörig aufnimmst. In der Regel sprechen Herrschaften nur über das Personal, wenn es um Zuständigkeiten geht. Bei dir aber, Sophie, geht es um weit mehr.«

Wieder trifft Cartalan ein fragender Blick von Sophie.

»Sophie.«

Was sagte Rocheau? Keine Gefühle zeigen. Doch dazu ist es längst zu spät.

›Alles, was ich beginne, immer zäume ich das Pferd verkehrt auf. Merde! Dann muss es eben sein.‹

»Sophie. Der Marquis ist mit mir einer Meinung. Du bist ungewöhnlich. Wir hegen ernsthafte Zweifel, ob du wahrhaftig zu ihnen gehörst, von denen du umgeben bist.«

›Jetzt ist es endlich heraus.‹

»Warum sollte das nicht so sein?«

»Menschen aus den Reihen der Entrechteten verhalten sich anders.‹

»Was ist so anders an mir?«

»Das ist eine ehrliche Frage, somit bekommst du auch eine ehrliche Antwort. Du sprichst zwar ihre Sprache, nur deine Betonung ist anders. Auch dein Benehmen entspricht anderer Erziehung. Es sollte mich nicht wundern, wenn du noch mehr Fähigkeiten aufweisen würdest. Fähigkeiten, wozu die Entrechteten keinen Zugang haben.«

Verlegen senkt Sophie den Kopf. Cartalan gibt ihr Zeit, sich zu sammeln.

»Viel gibt es über meine Vergangenheit nicht zu erzählen. Ich weiß nur, dass ich in diesem Chalet, damals war es noch größer, geboren und aufgewachsen bin. Meine Mutter lebte nicht lange hier, dann verließ sie uns. Alle verschwiegen mir, wer sie, und vor allem wer mein Vater sei. Lesen und Schreiben habe ich hier im Chalet gelernt. Der Marquis wollte es so. Er hat darauf bestanden. Ob es auch eine Zeit anderen Ortes für mich gab, daran vermag ich mich nicht zu erinnern. Die Mamsell, die das Chalet versorgte, hat sich um mich gekümmert. Irgendwann verließ auch die Mamsell das Chalet. Als dann auch noch die Köchin verstarb, kam Josefine. Später Madeleine und Suzette. Der Marquis ist vor längerer Zeit verstorben. Keiner wusste, wie es weitergehen soll. Uns wurde nur gesagt, alles bleibt so, wie es ist. Anderes hat uns nicht zu kümmern.«

Erschütternd, was Sophie berichtete. Einige Antworten bekam so Cartalan von Sophie, auf seine stummen Fragen. Denkbar? Nein, es muss so sein. Sophie muss mit dem Marquis auf einer Stufe stehen. Bei so viel Anmut und Charme, den Sophie versprüht, wenn Sophie dann auch noch das Ebenbild ihrer Mutter verkörpert, wer könnte ihr da widerstehen? Doch wer war ihre Mutter? Wessen Herkunft kann sie zugeordnet werden?

»Sophie, gab es keine Marquise in diesem Chalet?«

Sophie schüttelt nur den Kopf. Das Bild, das sich Cartalan macht, nimmt Gestalt an. Marquis Virnes? Warum bekannte er sich nicht dazu? Zumindest zu dem Zeitpunkt, als sein Tod unausweichlich vor ihm stand, hätte er dies tun sollen.

»Sophie, versuchen wir so gut es geht, Klarheit zu schaffen. Erwarten wir dennoch nicht zu viel. Lassen wir den Dingen ihren Lauf. Lassen sie reifen, so wie das Korn auf dem Feld. Ein Näherkommen wäre, sollten wir die Wahrheit nicht finden, dann doch nur eine Liaison auf Zeit. Marquis Rocheau wird uns eine große Hilfe sein. Der Name Virnes, der auch mir bekannt ist, muss in den Vordergrund gerückt werden. Dann wird auch dir diese Bezeugung zuteil, die dir aufgrund deiner Herkunft zusteht. Hast du dich schon im Chalet auf die Suche begeben, ob es nicht doch so etwas wie ein Dokument gibt?«

Wieder kann Sophie nur mit dem Kopf schütteln.

»Wenn es dem Marquis wichtig zu sein schien, und ich glaube daran, dann verwahrt es eine höhere Stelle. Das Chalet ist wohl kaum dazu geeignet. Überziehen Unruhen das Land, es ginge mit dem Chalet verloren.«

Danach schloss Cartalan Sophie in die Arme.

»Lass deinen Tränen freien Lauf, Sophie. Überbrücken wir, was uns noch bevorsteht. Um hinabzusinken in die Glückseligkeit, ist es noch zu früh. Wenn Fortuna auf unserer Seite steht, so kann es nur nach oben gehen. Etwas zu tun werde ich dennoch nicht versäumen. Der Name Virnes muss dir zugesprochen werden. Auch wenn es uns nicht vergönnt bleibt, und alles in ein Nichts zerfällt, Wegbereiter lassen sich immer finden. Nur wir dürfen nichts davon nach außen zu erkennen geben. Das erleichtert uns das Auffinden von Wichtigem. Darüber hinaus erspart es uns zweideutige Anspielungen. Wer keinen Verdacht schöpft, findet auch keinen Anlass, Zweifelhaftes über uns zu verbreiten.«

Welche Gefühle Sophie durchströmen, lassen sich nur erahnen. Cartalan hält Sophie fest, damit sie nicht schon jetzt zu schweben beginnt.

»Geduld, Sophie. Wir werden beide auf eine harte Probe gestellt. Ob wir diese bestehen, liegt nicht an uns alleine. Viele müssen uns zuarbeiten. Geben wir dem Glück eine Chance.«

»Möge Gott, dass es so kommt, Graf.«

Tiefes Aufatmen beim Grafen. Sophie bleibt bei der förmlichen Anrede.

Das Wetter erlaubt eine längere Kutschenfahrt, so lässt Cartalan anspannen. Lange kämpft Cartalan mit sich, ob er Sophie zu Rocheau mitnehmen soll. Auch wenn Rocheau seine Entscheidung missfällt, Sophie wird ihn begleiten.

»Diese Reise geht nur zu Rocheau, Sophie. Erhoffen wir uns dennoch nicht zu viel davon. Zuvorderst stellt sich die Frage, ob Rocheau uns auch anhört. Danach können wir erst entscheiden, welche Schritte die richtigen sind. Es kommt viel darauf an, was uns Rocheau auf diesem Weg mitgibt. Eigentlich sollte es keiner Frage bedürfen, ob ihm der Name Virnes ein Begriff sei. Es muss Aufzeichnungen über seinen Werdegang geben. Nur wo? Was mir erst jetzt in den Sinn kommt, wo ist seine Ruhestätte?«

»Dies ist ein abgelegener Ort mit vielen Gräbern. Er

ist nicht allen zugänglich. Auch ich schaffte es nur bis zum Tor. Ein Uniformierter versperrte mir den Weg. Dann auch noch mit der Bemerkung, Dienstpersonal der Bourgeois dürfen diese Stätte nicht betreten. Als er zu Grabe getragen wurde, schon da war unsere Begleitung unerwünscht. Wir haben zurückzubleiben und die Rückkehr der Trauernden abzuwarten, um sie zu versorgen. Große Trauer legte sich keiner von ihnen zu. Mehr Beruhigung flammte in ihnen auf, das Château wieder verlassen zu können. Zu diesem Zeitpunkt war es noch ein solches. Uns beschäftigte nur eine Frage, wie soll es weitergehen? Wir sollten nicht nur, wir mussten bleiben. Das Château wurde verwaltet, von wem? Wir erfuhren es nie. Alles ging weiter wie bisher. Nur ein großer Flügel des Châteaus durfte nicht mehr benutzt werden. Er verfiel. Aus dem Château wurde ein Chalet, wie Sie sehen. Alles Weitere kennen Sie ja, Graf.«

»Hoffen wir, dass uns die Sonne den Weg erhellt.«

Bangen macht sich in Cartalan dahin gehend breit, ob Rocheau auch anzutreffen sein wird. Als sie dort ankamen, drang Stimmengewirr an sein Ohr. Somit war anzunehmen, den Hausherrn anzutreffen.

Das Knallen der Peitsche treibt Rocheau heraus. Ein freundliches Lächeln überzieht sein Gesicht beim Anblick Cartalans. Staunen überkommt Rocheau nur darüber, wem hilft Cartalan da aus der Kutsche? Für sein Dafürhalten kann es nur Sophie sein. Angenehm anzusehen ihr Äußeres. Wenn es sich mit dem anderen ebenso verhält, ist das Schwärmen von Cartalan für Sophie nur allzu verständlich.

Ehrerbürtig verneigt sich Cartalan vor Rocheau.

»Nun bin ich es, Marquis, der sich für sein unangemeldetes Erscheinen zu entschuldigen hat. Ich bitte Sie nur, schenken Sie uns ein paar Minuten Ihrer kostbaren Zeit.«

»Wenn es der Wichtigkeit zum Vorteil gereicht, so treten Sie ein.«

»Zu entschuldigen wäre noch, dass ich Sophie als meine Begleiterin auserwählt habe. Auf ihre Person bezieht sich unser Eindringen.«

Die Blicke von Rocheau und Sophie treffen sich. Für einen Moment muss auch Rocheau innehalten. Klar die Augen, kräftige Aussage ihr Ganzes. Stolz die Haltung. Ehre, wem Ehre gebührt. Zu einer Gratulation für Cartalan dürfte es dennoch zu früh sein. Insgeheim aber hat Cartalan schon die Glückwünsche Rocheaus. Im Herrenzimmer finden sie Platz. Rocheau eröffnet das Gespräch.

»Was gedenken Sie, Graf, in dieser Angelegenheit zu unternehmen?«

Erstaunt blickt Sophie von einem zum anderen. Cartalan sieht sich daher gezwungen, eine weitere Entschuldigung anzubringen. Dieses Mal an Sophie.

»Pardon Sophie. Marquis Rocheau und ich haben uns vor einiger Zeit erlaubt, ausführliche Gedanken über deine Herkunft zu machen. Diese Herkunft aus dem Volk der Entrechteten schien mir zu suspekt. Deine Ausführungen gaben meinen Vermutungen neue Nahrung.«

An Rocheau gewandt:

»Marquis, ist Ihnen der Name Virnes, seines Standes ebenfalls Marquis, ein Begriff?«

Nur kurz überlegt Rocheau.

»Marquis Virnes. Der Exzentriker. Was hat es mit ihm auf sich?«

Nun erläutert Cartalan Rocheau die Umstände. Lange betrachtet Rocheau Sophie. Sie hält dem Blick stand.

»Marquis Virnes gehörte zur Dynastie der Bourbonen. Sein Hingang ist schon längere Zeit her. Von einer Marquise Virnes ist nichts bekannt. Demnach war Marquis Virnes nicht im Ehestand. Wenn Ihre Mutter, Sophie, dort tätig war, und dann auch nur annähernd Ihrem Aussehen entsprach, kann man sich alles vorstellen. Auch, dass der Marquis Ihr Erzeuger sein könnte. Es gibt noch mehr Ungereimtes über ihn. Doch bringen wir das, was sich zu setzen beginnt, nicht wieder an die Oberfläche. Sollte Virnes ein Dokument angefertigt haben, bleibt dies keineswegs verschollen. Entspricht es dem, wo Virnes einzuordnen wäre, verwahrt derartige Dokumente der Archivar Seiner Majestät.«

Sophie sinkt in sich zusammen.

»Nicht erschrecken, Sophie. Die Bourbonen gelten nun mal als das Herrschergeschlecht. Sie stellen zugleich die Persönlichkeiten, die das Land regieren. Sie sind weit verzweigt. Bewahrheiten sich die Vermutungen des Grafen Cartalan, ich bin geneigt, dem zuzustimmen, steht Ihnen nicht nur ein langer Weg bevor. Sophie, die Steine, die es gilt, wegzuräumen, wiegen sehr schwer. Ein Kind außerhalb der Familie zu zeugen, würde als Affront gegen die Dynastie angesehen. Vielleicht konnte oder wollte sich Virnes das nicht eingestehen. Letztendlich tragen die Bourbonen die Verantwortung für das Land. Wie gedenken Sie dem entgegenzutreten, Sophie?«

Ratlos sieht Sophie Rocheau an. Dieser erlaubt sich zu bemerken:

»Meines Erachtens kann dies nur mit Geduld und Beharrlichkeit geschehen. Sollte mein Beistand erwünscht bleiben, dürfen Sie dessen sicher sein.«

Sophie vermag ihre Tränen nicht mehr zurückzuhalten. Rocheau gibt Cartalan ein Zeichen, sodass sie kaum noch zu atmen wagen. Ziemt sich dies auch nicht in fremder Umgebung, doch hier zählt die Ausnahme. Cartalan versucht Sophie zu beruhigen.

»Noch darf es nicht sein, Sophie. Wie zu verstehen dies auch immer sein mag, ob sich das Schicksal gegen uns stellen wird, wer weiß das schon. Suchen wir die Antwort.«

Kommt es zu einem Wetteifern mit der Zeit? Zur Stunde nimmt es sich noch nicht so aus. Allein, wer gewährt schon Einblick in Dokumente, wenn es nicht die Dringlichkeit erfordert? Sophie stellt sich noch ein weiteres Hindernis in den Weg. Ihre Abstammung. Diese ist offiziell. Was bedeutet es schon, einen Marquis zum Vater zu haben, will jeder dem gerecht werden, darf die Frau, die dem Kind das Leben schenkte, nicht minderer Herkunft sein. Gibt es darüber hinaus keine ausdrückliche Zustimmung des Vaters, bleiben die Türen für alle Zeit verschlossen.

Cartalan bedankt sich noch einmal für das großzügige Angebot Rocheaus. Wie weit sein Einfluss bei den Bourbonen reicht, darüber hat auch Rocheau keine ausreichende Erkenntnis. Rocheau versucht daher zu erklären.

»Sehen wir den Dingen, wenngleich angespannt, so

doch in Ruhe entgegen, Graf. L'Amour, Sophie, kommt in diesen Kreisen nicht zur Sprache. Einer solchen bedarf es nicht. Sie spielt daher auch nur eine untergeordnete Rolle. Den Einfluss auf die Macht zu vergrößern, zählt hier mehr. Ein kleiner heller Schimmer am Horizont könnte der Umstand sein, Marquis Virnes war nie im Ehestand.«

Sophie erbittet die Antwort.

»Und was bedeutet das, Marquis?«

»Virnes hatte kein entscheidendes Mitspracherecht bei Macht erhaltenden Entscheidungen. Virnes lebte sehr zurückgezogen. Warum das so war, auch hierfür wird es eine Erklärung geben. Ein derartiges Verhalten liegt nicht im Sinne der Bourbonen. Warum aber gerade er so abfiel, ob erzwungen oder freiwillig, schadet dies den Bourbonen, kommt die Wahrheit nie ans Licht, Sophie. Legen Sie Behutsamkeit in diese Angelegenheit, dann ist alles möglich.«

Schweigend verlief die Rückfahrt. Jeder muss das, was Rocheau vorbrachte, erst einmal für sich selbst verarbeiten. Einerseits ist Cartalan dankbar, kein Bourbone zu sein, betrachtet er hingegen ihre weitreichenden Befugnisse, erscheint alles in einem anderen Licht. Was wird sein, sollte Sophie trotz allem in ihrer Mitte Platz finden? Zuvorderst jedoch bedarf es erst einmal der Klärung, was geschah um Virnes? Wurde er ausgestoßen? Hat er sich aus freien Stücken zurückgezogen?

Sophie beschäftigen noch weitergehende Gedanken. Wann wird der Tag kommen, der die Wahrheit bringt? Es mutet Sophie an, als läge ein Schleier über allem. Angefangen von ihrer Mutter, bis hin zum heutigen Tag.

Wer vermag diesen wenngleich auch nicht vollends, doch wenigstens zum Teil zu entfernen? Zumindest soweit zu heben, um etwas mehr Klarheit erkennen zu lassen?

Viele Tage werden im Chalet Cartalans, ohne ein Gespräch hierüber führen zu können, noch vergehen. Es erfülle auch keinen Zweck, sich in Mutmaßungen zu verlieren, die dann noch nicht einmal annähernd dem entsprechen, wonach allen der Sinn steht. Das Unheil könnte verheerender nicht mehr sein.

Etwas an Normalität versuchen dennoch beide wieder einziehen zu lassen. Ansonsten müsste wohl Sophie alles alleine auf sich nehmen.

Rocheau versucht seinerseits, Prikot aufzusuchen.

Als Rocheau anspannen lässt, hellt sich das Gesicht von Bertrand sichtlich auf. Rocheau zerstört seine Erwartungen.

»Nein, Bertrand. Unser Ziel gilt anderen Ortes. Würde dich sonst bei Cartalan Angenehmes erwarten?«

»Ich wünschte, es wäre so, Marquis. Doch wie es sich zurzeit anbietet, trage nur ich alleine diesen Wunsch mit mir herum.«

»Beim letzten Besuch nicht zum Zuge gekommen?«

»Madeleine würdigte mich keines Blickes.«

»Nicht nachlassen, Bertrand. Jede Braut will eingehend umworben werden.«

»Wohin soll ich das Gespann lenken, Marquis?«

»Zu Prikot, Bertrand.«

Diese Antwort überraschte Bertrand dann doch. Was bezweckt der Marquis mit seinem Besuch beim unwürdigsten aller Unwürdigen? Über wem auch immer

Fortuna das Füllhorn auszuschütten gedenkt, es sei ihm vergönnt. Anders bei Prikot. Ein solches Vorgehen anzustimmen, dies glaubt Bertrand nicht, dass es gerade bei Prikot vorzunehmen der Marquis gedenkt. Eine solche Absicht wird Rocheau nicht in sich tragen. Andrerseits, etwas mehr Beachtung den Entrechteten zu schenken, würde den Bourbonen besser anstehen. Was auf Prikot zutrifft, entrechtet zu sein, ist nicht gleichbedeutend damit, auch unwissend zu sein. Nicht alles bleibt verborgen, was sich hinter den dunklen Fassaden ereignet. Sollte dies denn nicht Anlass genug sein, einer Gestalt wie Prikot mehr entgegenzukommen? Nach wie vor vertrauen die Bourbonen auf ihre Unanfechtbarkeit ihres Ansehens. Streifen denn nicht schon erste Schatten ihre Selbstherrlichkeit? Wie auffällig müssen diese noch werden, bevor sie jeder richtig wahrnimmt? Hiervon ausgenommen kann keiner werden, der die Geschicke des Landes mitlenkt. Um Prikot aber ranken sich zu viele Fragen. Was also liegt in der Absicht des Marquis? Noch wichtiger scheint zu sein, wann entledigt sich Prikot der Maske? Wie dem auch sei, wer immer auch sein Gesicht nicht zeigen möge, soll es weiter verbergen. Auch Rocheau wird geflissentlich darauf verzichten, Prikot dazu aufzufordern.

Die Stille, die Rocheau bei seiner Einfahrt empfindet, legt sich bedrückend auf ihn. Still ist es immer in einem Hause, wo kaum Feste gegeben werden, und nur einer alleine ohne Personal sein Dasein fristet. Mitunter trügt auch dieser Schein. Es ist nicht so still, wie Rocheau vermutet, noch weniger verwaist. Prikots Hund Poko kündigt den Besucher rechtzeitig an. So auch Rocheau. Ein kurzer Blick durch die Gardine reicht Prikot aus, um zu sehen, wer den weiten Weg zu ihm gefunden hat. Mögen sich diese Kutschen mitunter auch noch so bescheiden ausnehmen, wer diese lenkt, gibt die Antwort, in wessen Besitz sich diese befindet.

›Rocheau‹, entfährt es Prikot. ›Wie dringlich mag sein Auftritt sein?‹

Höfliche Floskeln verabscheut Prikot. Rocheau nimmt dies zur Kenntnis. Die Bewirtung dieser seltenen Gäste nimmt sich auch dementsprechend aus. Darüber hinaus vermeidet es Prikot, sich Hauspersonal zu halten. So vermeidet er, dass Unbescholtene der Drangsal der Bourbonen ausgeliefert bleiben. Noch steht nichts zu befürchten, dadurch enthebt sich auch für andere der Wunsch, endlich hinter die Maske Prikots sehen zu wollen. Dennoch bleibt die Frage, wie lange werden sich noch die Entrechteten mit ihrem Dasein abfinden? Dies ist etwas, was niemand so richtig einzuschätzen vermag, auch ein Prikot nicht.

Eiligen Schrittes geht Prikot auf Rocheau zu. Auch auf die Namensgebung wird in solchen Fällen stets verzichtet. Rocheau eröffnet daher auch gleich das Gespräch.

»Vergeben Sie mir meine Aufdringlichkeit, Monseigneur, doch die Brisanz meines Anliegens duldet kein längeres Warten.«

»Wenn es von so großer Bedeutung sei, wie Sie es andeuten, so sei dem verziehen. Sie gestatten dennoch, mit Verlaub sagen zu dürfen, Sie darauf aufmerksam zu machen, ob ich dem auch gewachsen sei. Nicht immer gehen Vermutungen mit der Wahrheit einher. Wie immer es auch sei, Marquis, versuchen wir es.«

Ausführlich berichtet Rocheau über Sophie. Rocheau versucht, Cartalan so weit als möglich auszusparen. Dann wurde der Graf doch zum Mittelpunkt. Zunächst überging Prikot Sophie.

»Graf Cartalan, dieser Name sagt mir nichts. Aus den angestammten Geschlechtern geht, soweit mir bekannt, kein Graf Cartalan hervor.«

»Damit hat es seine Richtigkeit, Monseigneur. Graf Cartalan hat sich vor einiger Zeit in unserem Lande niedergelassen. Ob er sich aber auch heimisch fühlt, ich vermag dies nicht zu beurteilen.«

»Wohl dem, der es kann, Marquis. Einiges dürfte ihm dennoch bevorstehen. So manches könnte ihm sogar zur Last werden. Wie steht die hiesige Damenwelt zu ihm?«

»Scherzhaft. Obgleich es an Avancen bestimmt nicht mangelt.«

»Hierzu ist es mir nicht möglich, viel dazu beitragen zu können. Denken Sie nur an das Kartenspiel, Marquis. Versuchen Sie die eben gezogene Karte zu deuten, es mag zutreffen, was daraus hervorgeht, doch wann? Eine solche Frage kann auch keine Karte beantworten. Das Schicksal geht eigene Wege. Doch sei es, wie es sei, Marquis. Raten Sie ihm, er möge alles, was auf ihn zukommt, mit Fassung tragen. Graf Cartalan soll dies alles als eine Art Bewährungsprobe betrachten. Besteht er diese mit Bravour, sind alle Hindernisse überwunden. Ach ja, Sophie, sprechen Sie beim Advokaten Soucheau vor.«

»Soucheau?«, braust Rocheau auf. »Als ob ein Mann seines Standes für uns zu sprechen sei.«

»Versuchen Sie es zumindest, Marquis.«

Prikot erhebt sich. Dies war zugleich eine Andeutung, das Gespräch für beendet zu betrachten.

Gedankenverloren verlässt Rocheau das Anwesen Prikots. Keines Blickes würdigt Rocheau beim Betreten der Kutsche Bertrand. Kopfschüttelnd wiederholt Rocheau auf der Rückfahrt den Namen Soucheau.

»Soucheau, Soucheau. Ein engster Vertrauter Seiner Majestät. Als ob gerade er sich für mich Zeit nimmt.

Einige Tage ließ Rocheau noch verstreichen, dann nahm er den schwierigsten Weg, zumindest von seinen Gefühlen her, in Angriff.

Der Wichtigkeit angemessen, mehr der Person, die es gilt aufzusuchen, als seinem Anliegen, wird Rocheau empfangen. In Begleitung durchschreitet Rocheau eine Tür nach der anderen. Unauffällig betrachtet Rocheau die Umgebung. Viel Bewundernswertes gibt es nicht zu bestaunen.

›Wie kann ein Mensch in einer solchen Atmosphäre leben und arbeiten.‹

Dann befinden sie sich auch schon in der Kanzlei. Keine Veränderung zum Allgemeinen zeichnet sich hier ab. Nüchtern, unpersönlich. So wird wohl auch das Gespräch nicht anders verlaufen.

Soucheau deutet auf einen Stuhl. Er kommt auch gleich zur Sache.

»Welches Interesse, Marquis, besteht Ihrerseits an einem gewissen Schriftstück?«

Diese Offenheit erschreckt Rocheau sichtlich. Prikot. Wie weit reicht sein Einfluss? Noch etwas fällt Rocheau auf. Soucheau ist nicht nur Anwalt, er gehört mit zur

Gerichtsbarkeit. Das bedeutet für Rocheau, er muss eine andere Anrede verwenden.

»Euer Ehren. Mein Interesse daran mag gering sein. Nur das Wesen, um das es hier geht, verdient allen Respekt. Wer möchte auch nicht Klarheit über Umstände erlangen, die weit im Dunkel verborgen bleiben. Zu viele Fragen belasten ihr Dasein.«

»Belasten, Marquis. Dieser Bewertung kann ich nicht zustimmen. Was führt zu der Annahme, dass es anders sein könnte, als es sich darstellt?«

»Das Wesen an sich. Es lässt nicht nur mehr erkennen als sonst üblich, auch die Art ihres Verhaltens gibt anderes her. Was unter diesen Umständen kaum möglich sein dürfte.«

»Liegt dem eine feste Überzeugung zugrunde?«

»Dieses Wesen ist des Lesens und Schreibens mächtig, was es nicht geben kann.«

»Und was erhofft dieses Wesen für sich selbst zu erlangen?«

»Erhoffen, Euer Ehren, nur das eine. Klarheit über ihre wahre Identität. Ohne diese Wahrheit ist ihr persönliches Glück in Gefahr, wenn nicht gar unerreichbar.«

»Wie ist das wiederum zu verstehen?«

Nun berichtet Rocheau dem Anwalt alles über das Zustandekommen Sophies, Cartalans.

Soucheau verfolgt diese Ausführungen mit größter Aufmerksamkeit. Als Rocheau endete, lehnt sich der Anwalt zurück.

»Marquis, um sich in den Kreisen der Bourbonen zu bewegen, bedarf es nicht viel. Die Wege aber, die ganz nach oben führen, bleiben auch für einen Grafen, der noch nicht einmal aus diesem Lande erwachsen, unbegehbar. Seine Herkunft berechtigt ihn nicht dazu. Hierzu müsste der Graf schon Außergewöhnliches für dieses Land leisten. Selbst dann bleibt es fraglich, ob Seine Majestät der König den Grafen in die Dynastie der Bourbonen erhebt. Dies bleibt weitestgehend nur den darin Geborenen vorbehalten. Da nun der Name Sophie gefallen ist, dieser steht auch offenkundig im Dokument, sei gesagt. Ihrer Herkunft haftet ein dunkles Kapitel an. Überschattet von mehreren unwürdigen und nicht zu beschreibenden Ereignissen. Marquis Virnes, bleiben wir bei diesem Namen, war für die Bourbonen nicht mehr tragbar. Was ja dann seine Einsiedelei zur Folge hatte. Um Marquis Virnes' Titel und Besitz abzuerkennen, so weit wollte dann doch keiner gehen. Einigem ging der Marquis dann doch verlustig. Zu diesem Dokument bleibt zu sagen, obgleich es zu keinen weiteren Befugnissen berechtigt, eine Aushändigung kann nur an die Person vorgenommen werden, auf die es zutrifft. Somit nur an Sophie persönlich. Zu vieles hiervon unterliegt der Schweigepflicht. Noch etwas vorab. Sollte Sophie dennoch beabsichtigen, größeren Nutzen für sich daraus zu ziehen, so käme dies einem Todesurteil gleich. Sie hat zum gegenwärtigen Zeitpunkt weitreichende Annehmlichkeiten. Dabei sollte sie es belassen. Alles, nur nicht der Zeit vorgreifen.«

Schwer atmend lehnt sich Rocheau zurück.

Soucheau weckt Rocheau aus seiner Abwesenheit.

»Wann darf ich Sie, Marquis, mit Sophie erwarten?«

»Bedarf es eines besonderen Zeitraumes?«

»Zu den üblichen Stunden.«

Mit Dankesbezeugungen hält sich Rocheau dennoch zurück. Zu schwer wiegt das, was der Anwalt andeutete. Was wird erst das Dokument enthalten? Welcher unrühmlichen Taten wird hier Marquis Virnes beschuldigt? Wie wird es Sophie aufnehmen? Ihr größter Wunsch, sich mit Cartalan zu vereinen, wird sie wohl in den Hintergrund verbannen müssen. Mit wem soll Rocheau nach alldem zuerst sprechen? Cartalan, Sophie? Dann entscheidet sich Rocheau doch für Sophie.

Zurückhaltend der Empfang bei Cartalan. Bedrückend die Atmosphäre, die hier herrscht. Sophie kann nicht mehr an sich halten.

»Marquis, gibt es Anlass zur Sorge?«

»Drückt das meine Stimmung aus?«

»Besorgt Ihr Blick, Marquis.«

»Meine Besorgnis, liebe Sophie, beinhaltet mehr die Befürchtung, ob es sich aufklärt, was um und mit Marquis Virnes geschah. Sein früher Tod muss nicht unbedingt damit zu tun haben. Doch ausschließen lässt es sich auch nicht. Nur allein Vermutungen, Sophie, helfen hier nicht weiter. Das Dokument wird ausschließlich nur Ihnen ausgehändigt. Sobald es sich in Ihrem Besitz befindet, bleibt es Ihnen vorbehalten, wann Sie dies öffnen. Was aber dann wiederum die Frage aufwirft, offenbart es die volle Wahrheit? Zu verstehen waren die Worte des Anwaltes dahin gehend, alles, was ihnen außer dem, was sie ohnehin schon haben, noch zustehen würde, bleibt ihnen verwehrt. Nur das Unterste wird Ihnen noch zugestanden. Es könnte sich als schwere Last erweisen, was das Dokument enthält, die dann auf Ihren Schultern lastet. Überdenken Sie alles, was Marquis Virnes der Nachwelt hinterlassen hat. Wie schon Soucheau bemerkte, Weitreichendes im eigentlichen Sinne steht Ihnen nicht zur Verfügung. Etwas gibt es dennoch, was ich Ihnen anvertrauen möchte. Es könnte zutreffen, dass Marquis Virnes Ihr leiblicher Vater ist. Doch eine derartige Bestätigung liegt mir nicht vor.«

»Was deutete der Anwalt Soucheau noch mit seinen Bemerkungen an?«

»Vielleicht erschreckt es Sie, Sophie. Eines jedoch hat Bestand. Marquis Virnes gehörte zur Dynastie der Bourbonen.«

Diese Erkenntnis ließ Sophie dann doch schaudern. Jetzt wird Sophie klar, warum ihr das Betreten der Ruhestätte verwehrt wurde. Wird dies weiterhin so sein?

»Was macht Sie so nachdenklich, Sophie?«

»Die Ruhestätte, wo Virnes begraben liegt.«

»Mit diesem Dokument dürfte einer Erlaubnis zum Betreten nichts mehr im Wege stehen. Wenn ich die Ausführungen Soucheaus richtig verstanden habe, ist dem so.«

Sophie kann es kaum erwarten, die Wahrheit zu erfahren. Eine Beteiligung Cartalans zu weiteren Gesprächen erübrigt sich somit.

»Wann gedenken Sie, Marquis, zum Anwalt Soucheau zwecks eines Besuches aufzubrechen?«

»Zu diesem Zweck bin ich hierher gefahren. Wir beide gemeinsam müssen diesen Weg gehen. Packen wir die Gelegenheit beim Schopf, Sophie.«

Dieses Mal ist es an Cartalan, sich verstimmt zu geben. Rocheau versucht ihn zu trösten.

»Werter Graf, dies ist eine rein persönliche Angelegenheit. Ich wage dennoch zu behaupten, Sophie wird Sie nicht im Unklaren lassen?«

Sophie wendet sich Cartalan zu.

»Graf, ich werde, soweit es mir erlaubt bleibt, alles offenlegen.«

Ein flüchtiger Kuss auf die Wange von Cartalan, dann lief Sophie zur Kutsche.

Als Bertrand Sophie aus dem Hause stürmen sah, konnte er nicht anders, er musste fragen.

»Die Seiten gewechselt, Sophie?«

Rocheau bekam diese Anspielung gerade noch mit.

»Bertrand, was ist in dich gefahren?«

»Man wird ja wohl noch fragen dürfen.«

In der Kutsche Platz genommen, widmet sich Rocheau wieder Sophie.

»Furcht einflößend ist es nicht, wessen Sie sich anvertrauen. Doch Beklommenheit nötigt es einem schon ab. Stellt es sich heraus, dass es sich bei Virnes tatsächlich um Ihren Vater handelt, dieser war Bourbone. Was das bedeutet, ist kaum zu ermessen.«

»Wurde etwas über meine Mutter angedeutet?«

»Zu Ihrer Mutter machte Soucheau keine Angaben. Auch über weitere Personen, sollte es solche geben, wurde kein einziges Wort verloren. Mir schmerzt nur mein Kopf, Sophie, wenn ich an Prikot denke. Nur er konnte mir sagen, wohin ich mich zu wenden habe. Damit noch nicht genug. Tat auch Soucheau unwissend, dabei war er längst im Bilde, was ich eigentlich von ihm wollte. Und das konnte er nur von Prikot haben.«

»Prikot, Marquis, auch Josefine ist der Ansicht, spielt

nur mit den Menschen. Unterschiede in der Herkunft. Diese scheint es bei ihm nicht zu geben. Prikot freut sich noch diebisch darüber, wenn er andere vor den Kopf stoßen kann. Prikot muss demnach weit mehr wissen, als er andeutet.«

»Damit hat Josefine noch nicht einmal so unrecht. Gerade das ist es, was ihn so gefährlich macht. Am gefährlichsten scheint es für jene zu werden, die ihn herabzuwürdigen versuchen. Wie viel Wahrheit haftet dem an, was er von sich gibt?«

»Marquis, Sie sollten ihn eigentlich besser kennen. Zu uns herab begibt sich ein Prikot nicht. Aus diesem Grunde haben wir auch sein wahres Gesicht noch nicht erblickt. Warum verbirgt er es so vehement?«

»Das ist eine gute Frage, Sophie. Er trägt diese Maske nicht nur bei den Diners oder Soupers. Als ich ihn in seinem Chalet besuchte, trug er ebenfalls eine Maske. Nur etwas anders angelegt. So gesehen muss mehr dahinter sein, als allgemein vermutet wird. Auffallend ist, er bewohnt ein Chalet, das Château ähnlichen Charakter aufweist. Mein Rat kann daher nur sein, allem Drang, seinem wahren Gesicht ansichtig zu werden, widerstehen.«

Als sie bei Soucheau ankommen, gibt es für Sophie dann doch eine kleine Enttäuschung. Das Bauwerk als solches, wie es sich anbietet, nimmt sich keineswegs so aus, als dass man es der Zeit und den Umständen nach, was es in sich birgt, einstufen könnte. Nur eine Fassade sagt noch nichts darüber aus, was sich dahinter befindet. Das Darin lässt Sophie dann doch etwas anders werden. Ihr kommt es vor, als träte sie vom hellsten Sonnenschein in ein alles umfassendes Dunkel. Ein paar Worte wechselt Rocheau mit einem der Lakaien. Dieser bittet ihn zu warten. Viel Zeit vergeht, bis sie gerufen werden.

Eindringlich betrachtet Soucheau das Gesicht von Sophie. Soucheau versucht, so Ähnlichkeiten zu Virnes zu erkennen. Viel ist es nicht, was sich ihm als auffällig anbietet. Sophie ihrerseits wird versuchen, allen Fragen Soucheaus standzuhalten. Es kam ihr vor, als würde sie durch einen Irrgarten geführt. Ein Labyrinth, aus dem es kein Entrinnen mehr gibt. Das wahre Leben der Entrechteten, wie Soucheau dies vor ihr ausbreitet, hat sie so nie kennengelernt. Ihr Platz war immer im Château. Die Ausführungen, die Sophie gegenüber Soucheau anbrachte, scheinen ihm zu genügen. Dennoch versäumt er es nicht, Sophie eindringlich zu ermahnen.

»Bevor ich Ihnen dieses Dokument aushändige, will ich nicht versäumen, Ihnen Ihren vollen Namen zu nennen, der da lautet: Sophie Remond. Weiter gilt es zu beachten, bewahren Sie nach dem Öffnen Contenance. Andeutungen dahin gehend gab ich schon Marquis Rocheau mit auf den Weg. Befolgen Sie diese, es liegt in Ihrem ureigensten Interesse.«

Überschwänglich versucht Sophie, sich zu bedanken. Soucheau wehrt ab.

»Es wird nicht einfach werden für Sie.«

In der Kutsche dreht Sophie das Kuvert von einer Seite auf die andere. Unschlüssig, ob sie wagen soll, es schon jetzt zu öffnen.

Rocheau kommt nicht umhin zu bemerken:

»Ich gewahrte den Eindruck, Soucheau ist erleichtert, dieses Schreiben nicht mehr länger unter Verschluss halten zu müssen.«

»Marquis, wer fragt nach meinen Gefühlen?«

»Sophie, lassen Sie nicht außer Acht, die Bourbonen sind die Crème de la Crème. Melancholie oder gar Romantik ist dort nicht existent. Hier zählen nur Macht und Größe.«

»Zum ersten Male höre ich heute meinen vollen Namen. Warum wurde mir dieser bis heute immer verschwiegen? Wer gibt mir die Antwort?«

»Sophie, ich schließe mich hier den Worten Soucheaus an. Erhoffen Sie durch dieses Dokument keine aufschlussreiche Darstellung. Sollte Virnes wahrlich eine solche zu Papier gebracht haben, kann es durchaus geschehen, dass Ihnen einiges sehr weh tun wird. Es gehört viel Mut dazu, gegen den Willen der Bourbonen mit deren Versäumnissen an die Öffentlichkeit zu treten. Hierzu ist es unerheblich, ob diese von einem Verstorbenen dargebracht werden. Die noch Lebenden leiden darunter, und das im erheblichen Maße. Vergessen dürfen Sie auch nicht, Sophie, die Bourbonen haben noch immer die Macht inne. Alles, was von ihnen beschlossen wird, ist ausnahmslos zu befolgen. Es erlaubt keine Umkehr. Sie werden alle Stärke, die Sie in sich tragen, benötigen. Ich möchte Ihnen anraten, öffnen Sie das Dokument erst, wenn Sie sich alleine wähnen. Dort können Sie Ihren Tränen freien Lauf lassen. Es wird viel Zeit vergehen, Sophie, bis Sie zu dieser Welt wieder Vertrauen fassen. Bewahren Sie Verschwiegenheit. Greifen Sie nicht zu hoch. Wünschen wir, dass Cartalan von ebensolcher Stärke geprägt ist, das macht Ihre Schritte etwas leichter.«

»Cartalan«, kommt es abfällig von Sophie. »Seine Worte möchte ich erst gar nicht wiederholen.«

»Das ist auch nicht vonnöten. Befolgen Sie das Vorgegebene. So wird auch ein Cartalan seine Einstellung ändern. Mehr vermag ich dazu nicht zu sagen.«

Zuhause angekommen eilt Sophie fliehenden Schrittes in ihr Chalet. Tiefsinnig sieht ihr Rocheau nach. Was wird es bewirken?

Bertrand verzögert noch etwas die Abfahrt. Erst als Rocheau mit dem Stock gegen das Kutschendach klopft, gibt Bertrand den Pferden den Befehl.

Fühlt sich Sophie auch alleine, doch Josefine fieberte ihrer Rückkehr entgegen. Abrupt stoppt Sophie ab, als sie Josefine gewahr wird. Josefine zeigt auf das Kuvert.

»Es trägt das herrschaftliche Siegel.«

Aufatmen bei Sophie.

»So war es wohl niemandem möglich, den Inhalt zu lesen.«

»Wenn es der Schreiber so wollte, dann nicht. Es kommt nur darauf an, was Rocheau darüber weiß.«

»Nur so viel, Marquis Virnes war ein Bourbone.«

»Alle Welt hat uns das verschwiegen. Wieso, Sophie? Und warum wusstest noch nicht einmal du davon?«

»Das ist etwas, worüber ich mir bis heute noch keine Gedanken gemacht habe. Zuerst gab es ein Kindermädchen für mich, danach durfte ich Lesen und Schreiben lernen. Als ich das beherrschte, musste ich mich zu den Dienstboten begeben. Mamsell Chlothilde musste das Château verlassen, als die Köchin starb, kamst du. Ich durfte noch nicht einmal fragen warum. Ich hatte zu gehorchen. Jetzt soll plötzlich Marquis Virnes mein Vater sein.«

Josefine verstand nichts mehr.

»Deine Mutter hast du demzufolge nie kennengelernt.«

»Zumindest nicht so, dass es Erinnerungen in mir wachrufen würde.«

Etwas Aufmunterung, so glaubt Josefine, hätte Sophie bestimmt nötig. Scherzhaft daher auch ihr Ausspruch.

»Wie muss ich Hochwohlgeboren jetzt ansprechen? Durchlaucht, Marquise, oder wie sonst?«

»Untersteh dich.«

Etwas Lachen gab es dann doch. Sophie fleht Josefine an.

»Hilf mir, Josefine. Wie schwer es auch immer sein mag. Ganz gleich, was noch alles uns abverlangt wird.«

Diese Zustimmung verweigert Josefine Sophie nicht. Es wurde daher eine lange Nacht. Graf Cartalan befand sich außer Haus, sodass es niemandem auffiel, wenn die Kerzen die ganze Nacht hindurch brannten.

Den Empfehlungen Rocheaus ist es zu verdanken, dass Cartalan doch noch ein gern gesehener Gast der Bourgeois wurde. Viel jedoch kann er dem Getue nicht abgewinnen. Zu aufgetakelt und überspannt mutet ihm das alles an. Stellt er Vergleich zwischen ihnen und Sophie an, kommt keine Sophie gleich. Um der Noblesse gerecht zu werden, gibt er sich jovial. Sucht er jedoch die Blicke der Schönen, dünkt es ihm, als würden sie seine Empfindungen nicht teilen.

›Was suchst du also noch hier?‹

Cartalan ermahnt sich selbst.

›Verliere nicht die Fasson, Cartalan.‹

Süffisant bleibt sein Lächeln. Da sich zu allem Unglück keine geeigneten Gesprächspartner finden lassen, verabschiedet sich Cartalan frühzeitig. Rocheau, so die Meinung Cartalans, schien an dem langweiligen Diner kein Interesse gefunden zu haben. Zudem muss es wohl unbedeutend sein. Wie sonst könnte es sich ein Rocheau erlauben, dem fernzubleiben. Wenn schon Rocheau keinen Gefallen daran fand, warum sollte dann gerade er das tun. Es war demnach keineswegs aussagekräftig. Mehr noch, es war schlichtweg unbedeutend.

Auf der Rückfahrt kehren noch einmal seine Gedanken zum Fest von Prikot zurück. Es waren doch zumindest, wenn auch nur dem Anschein nach die gleichen Gäste. Was doch Verhüllungen, die den Menschen unkenntlich machen, bewirken können. Noblesse oblige. Wenn sie der in Wahrheit treu bleiben wollen, dann sollte es auch an anderer Stelle nichts anderes geben. Allein damit zu begründen, die Stimmung der Entrechteten zu verfolgen, will er so nicht gelten lassen. Nun gut. Einen Aufstieg zu den Bourbonen wird es ohnedies nicht geben. Seine Herkunft ist anders gegliedert, und verhindert diesen. Was wurde Sophie offeriert? Der nächste Morgen, so hofft Cartalan, wird ihm die Wahrheit bringen.

Sophie und Josefine sind so mit den Machenschaften der Bourbonen beschäftigt, Virnes hat nichts ausgelassen, sodass die Heimkehr Cartalans von ihnen ungehört bleibt.

Cartalan seinerseits bemerkt den Schein der Kerzen,

sein Herz schlägt doppelt und dreifach gegen seine Brust, wenn er nur daran denkt. Doch jetzt zu stören erlaubt er sich dennoch nicht. Auch wenn ihm das Recht vorbehalten bleibt, es gehört sich nicht. Seine Geduld wird auf eine harte Probe gestellt.

Wird Sophie jemals erfassen, welchen Inhalt dieses Dokument in sich birgt? Der Ausspruch von Josefine – »Sophie, du stehst höher als Cartalan« – hat sie dann doch mehr erschreckt, als sich in diese Gesellschaft zu versetzen, zu der sie unweigerlich gehört. In der sie ansässig sein müsste. Mögen sich auch in anderer Weise Änderungen ergeben, an ihrer Zuneigung zu Cartalan wird sich nichts ändern. Wie wird es Cartalan aufnehmen? Besitzansprüche zu stellen, liegt Sophie nicht. Obschon sie es könnte.

Der Morgen beginnt, wie die Nacht endete. Josefine befehligt ausnahmsweise einmal das Personal an die Arbeit, damit Sophie und Cartalan ungestört bleiben. Den Grund hierüber, sofern es Sophie will, werden sie schon noch rechtzeitig erfahren. An einem wird Sophie ebenso festhalten wie alle, die davon Kenntnis erhalten haben. An der Verschwiegenheit. Auch ein Cartalan bleibt davon nicht verschont. Er muss seinen Anteil dazu leisten.

Heiser ist die Stimme von Sophie, als sie vor dem Grafen steht.

»Graf, unbeholfener als ich kann wohl niemand mehr sein.«

»Was liegt dem zugrunde, Sophie?«

Fest sieht Sophie Cartalan in die Augen.

»Meine Herkunft.«

»Deine Herkunft? Ich glaubte annehmen zu können, dass es darüber keine Ungewissheit gibt.«

»Ich kannte es bisher auch nicht anders. Ob ich mich jemals daran gewöhnen werde, obschon ich es andrerseits auch gar nicht darf, ich weiß es nicht.«

»Was ist geschehen, was eine derartige Veränderung bewirkte?«

»Eine Veränderung wird es nicht geben. Was sich anders ausnimmt, wäre meine Zugehörigkeit zur Gesellschaft.«

Erstaunt hebt Cartalan den Kopf.

»Es mag sich unverständlich anhören, was ich Ihnen anvertraue. Alles darf auch ich nicht anführen, nicht weil ich es nicht könnte, ich darf es nicht. Nur was von Bedeutung ist, und dem alle zustimmen, Marquis Virnes soll mein Vater sein. Mein Name hingegen lautet Remond. Nur dieser Name hat Bestand.«

Für einen Moment stockt Sophie. Auch Cartalan muss erst einmal kräftig durchatmen.

»Ebenso unbedeutend ist das, was ich daher nicht sein darf, den Titel meines Vaters tragen. Was mir zur Wahl bleibt, entweder den Namen meiner Mutter, oder wenn den meines Vaters, dann aber niemals andeuten, er war Marquis. Was mit meinem Vater, wenn es denn so sein soll, und davon gehen alle aus, geschehen ist, darüber wurde kein Wort verloren. Auch ich bin nicht in der Lage, obgleich ich immer hier im Château zu Hause war, etwas Bestimmtes von mir zu geben.«

»Wenn es denn so sein soll, Sophie, nehmen wir es hin.«

»Wenn dies die Macht der Bourbonen so bestimmt

hat, und ich beachte es nicht, bleibt mir nur noch das Schwert.«

War mit einer solchen Auslegung einer einzelnen Person gegenüber zu rechnen? Wer sich mit der Geschlossenheit und den Gepflogenheiten der Bourbonen ausreichend beschäftigt, konnte und durfte nichts anderes erwarten. Doch weder Sophie noch der Graf hatten den Einblick, der nötig ist, um jemals ein solches Vorgehen in Betracht zu ziehen. Sophie wird sich strikt daran halten, um nichts heraufzubeschwören, was Unheil über sie bringen könnte.

Lange währte das Schweigen. Cartalan unterbricht es.

»Was wird sein, Sophie?«

Sophie stellt ihrerseits eine Frage.

»Wie nahe stehen wir uns, Graf?«

Lässt Cartalan allem, was er bei den sogenannten Soupers und Diners ansichtig wurde, Revue passieren, dürfte ihm die Wahl nicht schwerfallen. Was wurde ihm bisher geboten? Ist Besseres zu erwarten? Vorwiegend doch nur verstaubte, aufgeblasene, lästernde ältere Semester, deren Weiblichkeit irgendwo verloren gegangen sein muss. Reichtum reicht eben doch nicht immer aus, um dem Glück auf die Sprünge zu helfen. Welch grotesker Gegensatz zu Sophie. Dort gezierte Höflichkeit, stets die eingebildete Frömmigkeit hochhaltend, hier ein unkompliziertes, lebenslustiges Wesen.

›Cartalan, worauf wartest du noch?‹

»Betrachten wir es von der richtigen Warte aus, Sophie. Das bedeutet vorrangig, ich lebe in deinem Chalet.«

»Das hat nichts zu bedeuten, Graf. Eine andere Frage

scheint mir wichtiger zu sein. Unter welchen Bedingungen konnten Sie es erwerben?«

»Bedingungen, gleich welcher Art, wurden mir nicht gestellt. Was mich dennoch wunderte, käuflich war es nicht zu erwerben. Es wurde mir für jährlich zu zahlenden Zins überlassen. Warum das so sei, wurde mir nicht offeriert. Nun ist es heraus.«

»Viel an Schönheit bietet es nicht mehr. Das war auch nach dem, was alles vorgefallen, nicht anders zu erwarten. Mein Vater, wenn mir schon sonst nichts mehr bleibt, wollte mir wenigstens das noch erhalten. Das ist ihm auch gelungen. Warum meine Mutter uns verließ, darüber hoffe ich auch einmal Klarheit zu erlangen. Noch bin ich weit davon entfernt. Wahren wir weiter Förmlichkeit, Graf. Auch wenn es in unseren Herzen anders aussieht. Die Schatten, die den Glanz unserer Liebe noch verdunkeln, werden sich auch einmal lichten. Mein Wunsch bleibt dieser. Mögen wir nicht zu viel Zeit an das Warten verlieren.«

Mehr an Stolz, eine solche Frau zu haben, könnte Cartalan nicht erhalten, sollte Sophie doch noch die seine werden.

Rocheau lässt anspannen.

»Zu Cartalan, Bertrand.«

Gemächlich schreitet Bertrand zur Arbeit. Rocheau sieht ihm gespannt zu. Dann erlaubt er sich doch die Frage:

»Noch immer keinen Fortschritt, Bertrand?«

Erschrocken dreht sich Bertrand um.

»Pardon Marquis.«

Verlegen schüttelt Bertrand den Kopf.

»Ich kenne mich nicht mehr aus.«

»Geduld, Bertrand. Die Wende stellt sich schon noch ein.«

»Möge der Himmel Ihre gut gemeinten Worte erhören und uns Beistand leisten.«

Rocheau wünschte, er hätte keine größeren Sorgen als Bertrand. Nimmt er nicht doch zu großen Anteil an Geschehnissen, die er so nicht mit zu verantworten hat? Jedem ist klar, die Reihen können nur geschlossen bleiben, wenn niemand abfällt. Sein Besuch soll in erster Linie mit dazu dienen, mehr Einblick in das Vorliegende zu erhalten. Er weiß aber auch um die Folgen. Sophie wird daher auch nur das von sich geben, was Schaden von ihr fernhält. Zu was sich Virnes hatte hinreißen lassen, wird wohl nie in Erfahrung zu bringen sein.

Ein Geheimnis dieser Größe, sollte Virnes es korrekt aufgezeichnet haben, und dies jemals aufgefunden werden, Sophie muss es ihr ganzes Leben lang für sich behalten. Was jedoch Rocheau brennend interessiert, ist die Rolle, die Prikot in dieser Tragödie innehat.

Dann nähern sie sich auch schon dem Chalet Cartalans, oder besser gesagt Sophies.

Marcel meldet Rocheau an. Und wieder schießt er übers Ziel hinaus. Kaum dass die Kutsche zum Stehen kommt, ruft er ihnen laut zu:

»Willkommen, Marquis. Der Graf erwartet Sie bereits.«

Mit einem freundlichen Lächeln bedankt sich Rocheau.

»Merci Marcel.«

Marcel nimmt die wenigen Kleidungsstücke in Empfang und begleitet Rocheau in das angrenzende Gästezimmer. Wie selbstverständlich nimmt dieses Mal Sophie an der Gesprächsrunde teil. Rocheau ist dankbar dafür. Erspart es ihm doch Rückfragen. Ohne Umschweife kommt Rocheau zum Grund seines Besuches.

»Wie steht es um Ihr Befinden, Graf? Vor allem um das Ihrige, Sophie?«

Sophie überlässt Cartalan die Führung.

»So lala Marquis. Zufriedenstellend ist nur, Sophie wurden keine allzu tiefen Wunden zugefügt. Zu einer für alle Seiten tragfähigen Lösung sah sich wohl niemand in der Lage.«

»Graf, bedenken Sie eines. Jeder Widerspruch ist verpönt. Stets daher das Gesicht wahren. Wenn nicht anders, dann wird es eben hinter einer Maske verborgen.«

»Zielt Ihr Ausspruch auf Prikot ab?«

»Prikot. Nicht direkt, Graf. Jeder, der einen Disput mit einem anderen hat, zieht es vor, nur Diners, wo Maskenzwang herrscht, zu besuchen. Sie verstehen?«

An Sophie gewandt:

»Kommen wir zurück zu Prikot. Ist Näheres in diesem Dokument über ihn aufgezeichnet? Sollte eine Antwort hierzu in das Geheimnis mit eingebunden sein, dann um alles in der Welt keine Äußerung hierzu.«

»Der Name Prikot ist nirgendwo erwähnt, Marquis.«

Nachdenklich stützt Rocheau sein Kinn auf den Stock. Sophie unterbricht seine Gedanken.

»Woran denken Sie, Marquis?«

»Gedanken, werte Sophie, gehen manchmal seltsame Wege. Schwer nachzuvollziehen, ob es rechtens ist. Mitunter verflüchtigen sie sich so rasch, wie sie gekommen sind. Niemand sollte daher mehr hineinlegen als bereits vorhanden.«

Rocheau spürt, dass Sophie doch noch etwas anbringen möchte. Nur die Gefahr, die über ihr schwebt, hält sie davon ab. Zerwürfnisse gab es schon zuhauf, diese müssen nicht noch weiter zunehmen. Rocheau wechselt das Thema.

»Bertrand hat sein Herz an ein Mädchen aus Ihrer Dienerschaft verloren. Als Vertraute der Dienerschaft erlaube ich mir die höfliche Frage, ob Ihnen vielleicht bekannt ist, wer die Unglückliche ist, die Bertrand unbedingt glücklich machen will.«

»Suzette, Madeleine, Charlotte, vielleicht sogar Josefine. Es könnte jede sein. Wenn es von so großer Bedeutung ist, lasse ich sie rufen, Marquis.«

»Das tut nicht nötig, Sophie. Bertrand muss das schon mit sich selbst ausmachen. Sonst lernt er nie den richtigen Umgang mit diesen Schönen.«

»Marquis, kehren wir zurück zu diesem Dokument. So viel kann ich offenlegen. Virnes ist demnach mein leiblicher Vater. Auch der weitere Name, wie Sie ja bereits wissen, wurde mir nochmals verdeutlicht. Zum Stand einer Dynastie darf ich mich nicht zugehörig nennen. Diese Türen öffnen sich für mich nicht. Dies beschattet zwar meine Liebe zum Grafen, doch es überschattet diese nicht. Ich hoffe, dass meine Offenheit weder Sie, Marquis, noch Sie, Graf Cartalan, in Verlegenheit bringt. Andeutungen, wie ich zum Grafen stehe, habe ich oft genug dargebracht. Dabei sollten wir es belassen. In der Öffentlichkeit treten wir weiter so auf wie bisher.

Ich bitte Sie, Graf, inständig um Verzeihung für meine Offenheit. Es gibt ohnehin schon zu vieles, über das ich Stillschweigen wahren muss. Einer zusätzlichen Belastung werde ich wohl kaum noch gewachsen sein.«

Tränen rinnen über ihr Gesicht. Rocheau versucht zu beschwichtigen.

»Tränen sind reichlich geflossen, Sophie. Es sei denn, diese bringen Freude zum Ausdruck. Niemand wird Anstoß an einem Tête-à-Tête zwischen zwei Liebenden nehmen. Die Bourbonen, auf die es letztendlich gerichtet sein könnte, bleiben davon unberührt. Hinzu kommt, Sophie, die Abgeschiedenheit in der Provence, einen besseren Schutz als hier, den kann es nicht mehr geben.«

Cartalan versucht nun seinerseits diese Unterhaltung auf derselben Schiene zu halten.

»Ich dachte immer, die Provence sei Ihnen, Marquis, ein Gräuel?«

»Das ist wohl wahr, Graf. Ich verabscheue Niederungen. Doch hier haben sie mich eingeholt.«

»Warum ausgerechnet hier?«

»Weshalb ausgerechnet hier, Graf? Der Duft der Wiesen, der Anblick der Traubenfelder, das Land selbst. Kaum von Volksstreitigkeiten gezeichnet. Alles zusammen übt auf den Menschen schon einen gewissen Reiz aus. Zu verteufeln bleiben nur die schmalen Pfade, wo die Kutschen keinen sicheren Weg unter sich haben. Jeder Fehltritt der Pferde kann zur Katastrophe werden. Wohl dem, dem es vergönnt bleibt, sein Auskommen hier zu finden.«

»Bei Tageslicht vermindern sich die Schwierigkeiten etwas. Bricht jedoch die Nacht herein, und das Ziel ist nicht in Sicht, schreitet die Gefährlichkeit mit einher. Sehen Sie aber in meinen Worten, Marquis, keine Aufforderung, die Rückfahrt noch bei Tage anzutreten. Meine Worte sollen mehr eine Einladung für die Nacht mit sich bringen.«

»Dankend nehme ich diese Einladungen, Graf. Mein Dank gebührt Ihnen ebenso, Sophie.«

Zwei Wege ebnen sich mit dieser Einladung für Rocheau. Obgleich er dem zweiten weniger Geschmack abzugewinnen vermag. Bertrand. Die Frage beschäftigt ihn dann doch, ob es schicklich sei, Affären oder gar Liebschaften unter den Dienstboten, wenngleich auch nicht direkt zu fördern, so doch diese gutzuheißen. Wie dem auch sei, es bleibt eine Angelegenheit Bertrands. Der Erstere hingegen gewinnt immer mehr an Bedeutung. Ein Gespräch unter Männer zu führen. Was Sophie vorbrachte, sorgsam die Wortwahl, dies gebührt schon Anerkennung. Wie viel aber von ihrem Wissen unterliegt der Schweigepflicht und darf so nicht weitergegeben werden? Wie viel entfällt auf ihre Unwissenheit? Was kann Cartalan dazu beitragen?

Sophie gibt dem Personal Anweisung, ein Gast samt Kutscher bleiben über Nacht. Dies ist ihre erste Anordnung an das Personal als Hausherrin. Welche Gefühle begleiten Sophie?

Sophie verabschiedet sich vom Marquis.

»Marquis, der größere Dank gebührt Ihnen. Ohne Ihr Zutun hätte ich wohl nicht erreicht, was sich nun ergeben hat. Um Besitz geht es mir nicht. Was mir mehr bedeutet, ist die Wahrheit über meine Eltern. Was sich sonst noch ereignete, soll unausgesprochen bleiben. Ich wünsche eine angenehme Nacht.«

Vom Grafen verabschiedet sich Sophie mit einem Kopfnicken. Rocheau muss wieder einmal mehr Sophie seine Bewunderung zollen.

»Graf, bemerkenswert, welche Größe Sophie verkörpert. Aufmerksamkeiten oder Avancen anderen gegenüber dürften sich so erübrigen.«

»Welche Haltung Sophie gegenüber darf ich mir erlauben?«

»Graf, Sie kommen niemandem ins Gehege, sollte es zu Gemeinsamkeiten kommen. Sie verstehen, was ich damit sagen will. Für die Oberschicht bleibt Sophie die selbige. Es gibt keine Anerkennung. Ihre starre Haltung würde so sonst aufgeweicht. Die Bourbonen dulden keine Spaltung. Sollte Sophie in Anspruch nehmen wollen, was ihr eigentlich zusteht, und dies würde ihr dann auch noch zugesprochen, wäre dies eine Untergrabung der Herrschaft der Bourbonen. Dies immer wieder zu betonen darf niemals versäumt werden. Auch wenn dies nicht allen zum Gefallen sein möge. Da wir nun schon einmal bei diesem Thema angekommen sind, Graf. Ließ Ihnen Sophie einen tieferen Einblick gewähren?«

Cartalan muss verneinen.

»Ich war der Meinung, Marquis, da Sie mit Sophie bei dem Anwalt vorgesprochen haben, könnten Sie mehr dazu beitragen.«

»Nein, Graf. Sophie durfte das Kuvert nicht in der Kanzlei öffnen. Auf der Rückfahrt war ihr die Unschlüssigkeit förmlich anzumerken. Ich riet ihr daher, es nur zu öffnen, wenn sie sich allein fühlt.«

»Welch dunkle Geschehnisse gaben hierzu wohl den Ausschlag?«

»Graf, ich frage mich selbst seit dem Besuch bei Soucheau, welchen Part spielt Prikot dabei? Ich komme nicht umhin zu behaupten, Prikot war bereits vor mir bei Soucheau.«

»Was berechtigt Sie, dies anzunehmen?«

»Schon bei meinem ersten Besuch legte Soucheau ein Verhalten an den Tag, als wüsste er bereits, wozu ich ihn aufzusuchen gedenke. Er muss es gewusst haben. Er sprach mich ja auch direkt auf das Dokument an. Nur Prikot kann damit in Verbindung gebracht werden.«

»Prikot. Dieser Name versetzt auch mich in Unruhe. Wer könnte mehr über ihn wissen?«

»Diese Frage habe ich mir auch schon unzählige Male gestellt. Eine Antwort fand ich bisher noch nicht. Meines Erachtens wäre es für Sophie zu belastend, sollte in dem Schreiben, das ihr ausgehändigt wurde, Ausführliches hierüber zu finden sein. Drängen wir nicht darauf, Näheres, auch wenn es von Bedeutung sein könnte, in Erfahrung bringen zu wollen. Lassen wir es ruhen. Sophie ist eine sehr intelligente Person. Sie wird das Richtige tun. Reichen wir Sophie die Hand, es wird nicht von Schaden sein.«

Zu weiteren Erörterungen bot sich nichts mehr an, so gaben sich beide der Ruhe hin.

Schon früh am nächsten Morgen befand sich Rocheau auf dem Rückweg. Zu welchem Ergebnis Bertrand gekommen ist, Rocheau will es besser nicht wissen. Etwas bleibt hiermit fraglich, ob Rocheau jemals wieder gedenkt, hierher zu reisen. Nicht die beschwerlichen Wege sind der Grund, was ihm zu schaffen macht. Er selbst,

Rocheau, ist es. Von Geburt an Bourbone. Er hätte sich niemals dort einfinden dürfen. Der Zufall aber wollte es so. Dass er einer Anhörung an höchster Stelle entgeht, verdankt er dem Umstand, er war nie fest in das straffe Gebaren der Bourbonen eingebunden. Rocheau unterlag somit auch nicht der strengen Überwachung seiner Tätigkeiten, wie sonst üblich. Wer nicht in ehelichen Familienverhältnissen steht, verdient auch nicht, über alle Maßen geehrt zu werden. Mit Ehre ist unweigerlich Berufung zu höchsten Ämtern verbunden.

Die Lustbarkeiten halten sich in Grenzen. Auch Prikot vernachlässigt seine sonst so obligatorischen Diners. Niemand nimmt Anstoß daran. Das Leben der Entrechteten geht weiter wie eh und je. Schlösser werden errichtet, nur um weitab zu sein vom wahren Leben. Wie dies aufgenommen wird, spiegelt sich in den Gesichtern der Entrechteten wider. Nur wer schenkt dem schon groß Beachtung. Noch weniger das Herrscherpaar, da ihnen so gut wie nichts zugetragen wird. Sie frönen dem Leben und verlustieren sich, als wäre alles nur für sie gemacht. Sie jedenfalls, die über das Land zu befinden haben, sehen es so. Wer soll auch schon mehr über das Wahre im Lande erfahren, wenn er sich stetig nur in geschlossenen Kutschen auf Reisen befindet. Sich sofort nach seiner Rückkehr in die Gemächer zurückzieht.

Noch bleibt der Friede erhalten. Obgleich zaghafte Andeutungen einiger Misstöne aus dem Volk zu spüren sind. Diese werden von anderer Seite erstickt. Vorwiegend mit allen Mitteln, die ihnen zur Verfügung stehen, auch mit Gewalt.

Prikot verspürt die Veränderung als Erster. Unsicher, ob er noch einmal ein Diner geben soll, schreitet er in seinem Château auf und ab. Das Für und Wider will wohl überlegt sein. Wenngleich die Erfahrung die er selbst machen musste, nach Vergeltung schreit. Was gab ihnen das Recht, so gegen ihn vorzugehen? Allein das Recht, Bourbone zu sein? Zählt denn das Leben anderer nichts? Wie lange glauben sie, können sie diese Unterdrückung noch aufrecht halten? Schalten und wallten nach Belieben? Wer nichts mehr zu verlieren hat, was bekümmert ihn der Rest? Wurde dies jemals ausreichend bedacht? Nein. Auch Prikot sieht den Zeitpunkt für gekommen an, wo sich die Masse erheben soll. Beruhigend wollte er in all der Zeit seines Wirkens auf alle einwirken. Zum Lakaien der Bourbonen wurde er degradiert. Ablegen wird er die bunte Maske des Harlekins. Tragen dafür die schwarze, jene, die sein zerschundenes Gesicht bisher verdeckt. Zerschunden von den Bourbonen. Wie lange wird der Name Prikot noch an ihm haften bleiben? Wer Interesse an der Wahrheit empfindet, wird es gewahr werden. Mit allem, was dazugehört. Vor allem, wie es dazu kam. Sophie, so Prikot, soll es als Erste erfahren. Sofern sie nicht schon durch das Dokument, das ihr überreicht wurde, Gewissheit erlangte. Wie viel gab Virnes preis? Ebenso bleibt die quälende Frage, ob schon jetzt die rechte Zeit sei. Seine Meinung dazu, nein. Prikot weiß um die Machenschaften der Bourbonen. Damit verbunden die Unterdrückung der Entrechteten. Er kennt die Sorgen der Les Misérables. Ihnen steht so gut wie gar nichts zu. Damit stünden sie von Anfang an auf der Seite der Verlierer. Gespräche wird Prikot so weiter mit ihnen führen müssen. Gerade über das, was die Mittel betreffen, einen solchen Feldzug zu veranstalten. Ebenso alle Gespräche weiterhin wie bisher in seiner Kutsche führen müssen. Nach Soupers mit dieser Sippschaft steht ihm nicht mehr der Sinn. Auch wenn er sich im Gegensatz zur Dynastie nichts vorzuwerfen hat. Was er bei seinen Diners anbot, wurde niemandem entrissen. So behielt er stets ein reines Gewissen. An oberster Stelle jedoch, wie sollte es auch anders sein, steht Sophie.

Als seine Kutsche vor dem Chalet Cartalans steht, trägt er dem Kutscher auf, nach Sophie rufen zu lassen. Marcel, der ihnen entgegenkam, versteht.

Verlegen, schon fast schüchtern setzt sich Sophie Prikot in der Kutsche gegenüber. Prikot beschwichtigt Sophie.

»Erschrecken Sie nicht, Sophie, wir entfernen uns ein paar Schritte von diesem Chalet. Es könnte sonst ungebetene Gäste anlocken.«

Prikot gibt dem Kutscher den Befehl. Auch Sophie fasst sich wieder.

»Sind Sie allein, Prikot?«

»Ja, Sophie. Bleiben wir vorerst bei diesem Namen. Es geht vorrangig um das Dokument. Ich weiß um den Verfasser. Es muss Sie hart getroffen haben. Erlauben Sie mir eine Frage, Sophie. Streben Sie eine feste Verbindung zu Cartalan an?«

»Was wäre so ungewöhnlich daran? Zuerst war auch ich der Meinung, dies sei nicht richtig. Doch nun, da ich weiß, wer mein Vater ist, oder sein soll, sehe ich mich in meinem Vorhaben gestärkt. Auch wenn ich mich zu ihnen gehörig nicht bekennen darf.«

»Dem, was Ihnen nicht zugesprochen wird, gibt es nichts nachzutrauern. Ihre Mutter war eine faszinierende Frau. Als ich Sie, Sophie, bei dem Diner, das ich gab, mit Cartalan sah, glaubte ich, im Spiegelbild Ihre Mutter vor mir zu haben, so ähnlich sehen Sie ihr. Als Vorteil für mich sah ich nur an, dass Sie mein erschrockenes Gesicht nicht sehen konnten. Zuerst glaubte ich, Bernadette, das ist der Vorname Ihrer Mutter, sei zurück. Ihr jugendliches Aussehen jedoch hielt mich zurück. Ich stand sofort wieder auf festem Boden. Zu Ihrer Einstellung zu Cartalan, erlauben Sie mir einen guten Rat, Sophie. Ob Sie diesen befolgen, liegt ganz alleine bei Ihnen. Streben Sie noch keine enge Verbindung an. Zumindest nicht in der Weise, die sich im Nachhinein nicht mehr lösen lässt.«

»Was wollen Sie damit sagen, Prikot?«

Für einen Augenblick stockt hier Sophie.

»Entschuldigung, Prikot. Ich wollte Ihnen nicht widersprechen. Ich frage daher anders. Welcher Grund steht dem entgegen?«

»Vorrangig sollte wichtig sein, beharren Sie weiter auf Ihrem Schweigen. Wie viel es letztendlich an Wert gewinnt, noch vermag dies niemand zu beurteilen. Noch etwas. Verwahren Sie das Dokument sehr sorgfältig. Besser, Sie würden es vollends vernichten, damit später keine Verdammnis auf Sie fällt. Sobald es an der Zeit ist, Sophie, werden Sie die ganze Wahrheit erfahren. Noch ist es zu früh dafür. Ziehen Sie alles in Ihre Bedenken ein, so finden Sie den richtigen Weg. Ich bringe Sie zurück. Etwas sollten Sie noch wissen, Sophie. Das Leben schlägt eine neue Seite auf.«

Sophie fühlt sich außerstande, Prikot die Hand zu

reichen. Nicht die Abscheu vor der Maske, sie glaubt zu wissen, warum Prikot eine solche trägt, obgleich die Verletzungen in seinem Gesicht kaum wahrzunehmen sind, allein die Ausführungen, die Prikot ihr anvertraute, hinterlassen erhebliche Spuren in ihr. Beim Aussteigen richtet Sophie dennoch eine Frage an Prikot.

»Wer hat das getan?«

Prikot bleibt Sophie die Antwort schuldig, er winkt ab. Mehr zu sagen erlaubt die Zeit nicht. Ein leichtes Nicken seinerseits, und die Kutsche setzt sich in Bewegung. Prikot versteht, was in Sophie vor sich geht. Der Eindruck, den Prikot bei dieser kurzen Begegnung von Sophie mitnimmt, Sophie ist eine ebenso starke Frau wie Bernadette.

Cartalan unterlässt es, Sophie nach dem Besucher zu fragen. Die Unterredung mit Rocheau gewinnt immer mehr an Bedeutung.

›Warum?‹

Das fragt sich Sophie, als sie das Chalet betritt. Ihre Frage wird noch lange ohne Antwort bleiben.

Auch Josefine vermeidet, derartige Fragen Sophie zu stellen. Wenn es Sophie für angemessen erachtet, fördert sie das, was sie bedrückt, von sich aus an die Oberfläche.

Cartalan seinerseits bescheidet sich mit dem, was ihm zufällt.

Prikot zieht weiter seine Kreise. Seit Neuem steuert er Punkte an, die er bisher geflissentlich außer Acht ließ. Nicht, dass diese ohne Bedeutung für ihn gewesen wären, ihre Zeit sah er als noch nicht gekommen an. Für ihn sind die Entrechteten gleich eines Stromes. Quellen nehmen sich zuerst als kleine Rinnsale aus. Bis diese zu einem Fluss oder gar zu einem breiten Strom anschwellen, bedarf es mehrerer Zuflüsse. Sie nehmen, je länger der Lauf, an Häufigkeit zu. Noch gewahrt Prikot keine Dämme. Der Fluss zieht ja auch noch gemächlich dahin. Schmal noch sein Bett. Würde er jedoch zum gegenwärtigen Zeitpunkt versuchen, über die Ufer zu treten, würden unweigerlich solche errichtet werden. Wenngleich auch dies seiner Zeit bedarf. Sophie muss es alleine überlassen bleiben, wozu sie sich entscheidet. Sollte dennoch Gefahr im Verzug sein, er, Prikot, wird sie auffangen.

Rocheau wartet noch immer auf eine Einladung von Prikot. Erst wollen diese Diners bei ihm kein Ende finden, nun scheint niemand mehr ein Interesse daran zu haben. Cartalan, Sophie, alle, geben sich einsilbig. Worauf ist das zurückzuführen? Im Lande zeichnet sich nichts ab, was auf unruhige Zeiten schließen lässt. Für Cartalan und Sophie vermag Rocheau noch Verständnis aufzubringen, doch Prikot? War denn nicht gerade Prikot zu allen Zeiten das Ohr der Dynastie? Bedürfen sie seiner nicht mehr? Auch das ist ein Umstand, dem er keinen Glauben schenken kann. Die obligatorischen Soupers der Bourgeois eignen sich kaum dazu, Gehörtes auszutauschen. Nur bei Prikot konnte jeder seiner Meinung Luft verschaffen, ohne Nachhaltiges erwarten zu müssen. Auch das Mysterium um Virnes wird sich nicht mehr aus seinem Kopf verbannen lassen. Sophie, Virnes, Prikot, dieses Dreieck prägt sich immer tiefer bei Rocheau ein. Welche Zusammenhänge lassen sich finden, um es zu vereinigen? Das eine, so seine Auffassung, lässt sich vom anderen nicht mehr trennen. Wer von ihnen hat den Schlüssel, der alles öffnet, zur Hand? Virnes? Ihn gibt es nicht mehr. Allenfalls noch Schriftliches in seiner Hinterlassenschaft. Doch wo? Sophie? Das wenige, das sie kundtun darf, ist nicht ausreichend. Bleibt nur noch Prikot. Alle verfügbaren Geburtenregister wurden bereits von ihm gesichtet. Kein Ergebnis, mit dem sich etwas beginnen ließe, brachten diese ans Licht. Soll er abbrechen? Wenn weiterhin alle stumm bleiben, macht es wenig Sinn, diesen Weg weiter zu verfolgen.

Dann flattert Rocheau eine Depesche ins Haus. Wer ist der Verfasser? Stellt diese einen weiteren Stein dar, der ihm in den Weg gelegt wurde? Die Worte, die die Depesche enthält, lassen eine solche Annahme zu. Wütend entfährt es ihm:

»Prikot, wo finde ich dich?«

Was wird, wenn ihm alle Wege versperrt bleiben? Wer hegt ein so vehementes Interesse, dass auch er, Rocheau, nichts aus diesem Dokument gewahr wird? Vor allem, was gibt es zu verschleiern? Als gegeben muss Rocheau hinnehmen, trotz seiner Zugehörigkeit zu den Bourbonen hat er sich kaum um solche Vorfälle gesorgt. Was treibt ihn jetzt dazu? Sophie, Cartalan, Prikot? Es wird wieder zum ewigen Kreis. Hält das Dreieck stand, gibt es kein Durchkommen. Kontakte, Abmachungen, all das ist Vergangenheit. Wer sich darin verirrt, wird ausgesondert.

›Wenn es denn sein soll, erkenne ich an, was geschah, hat es so nicht gegeben.‹

Was bleibt Rocheau zu tun, ohne sich Gefahren auszusetzen? Zumindest nicht das, indem er sich heimisch gefühlt hätte. Abgeschlossen ist es deshalb noch lange nicht. Auf das, was es zu verzichten gilt, nicht doch noch versuchen, dies irgendwie festzuhalten. Verhängnisvoller könnte nichts mehr sein. Seine Zurückgezogenheit nahmen viele der Dynastie zum Anlass, Rocheau nicht ausreichend über Vorfälle dieser Art informieren zu müssen. Soll er dies jetzt als Vorteil ansehen? Seine Pflichten wird er nach wie vor wahrnehmen. Gesellschaftliches aber tunlichst zu vermeiden suchen.

Möge es Rocheau noch so reizvoll scheinen, verbotene Wege abzuschreiten, dieses Wagnis ist ihm dann doch zu groß. Was ihm bleibt, sind nur noch die Fahrten zu seinen täglichen Aufgaben.

›Augen offen halten, Rocheau, wer dich im Visier hat. Hellhörig werden auf das Echo.‹

Die Antwort schallt aus anderen Ecken. Sie hat ihre Ursachen in den Untiefen, in die sich keiner aus der Dynastie wagt. Wenn, dann nur der Not gehorchend ihre Helfershelfer.

Die zunehmende Not unter den Entrechteten ist kaum noch zu verkraften. Immer lauter wird ihr Ruf nach der Obrigkeit. Wer erhört sie? Die Herrschenden in ihrer Überheblichkeit wohl nicht. Richten sollen es wieder andere. Sofern sie dies auch zustande bringen. Bewahrheiten sich hier die Worte von Prikot? Unzählige Male brachte er sie vor. Seine Warnungen, wurden diese auch vernommen, zu beachten, fand sich keiner genötigt. In ihrer Überheblichkeit schieben sie weiter zur Seite, was nicht sein darf. Es wird niemand wagen, sich ihrer Macht entgegenzustellen. Fester als die Bourbonen steht keine Macht zusammen. Etwaige Abweichler werden zum Schweigen gebracht, so ihre Antwort.

Sollten die Entrechteten beginnen, wie es den Anschein hat, in geschlossenen Reihen gegen die Obrigkeit zu Felde zu ziehen, wird es für Prikot Zeit, sich Sophie und ihrem Gesinde zu zuwenden. Seine auffälligen Merkmale bleiben jedem der Entrechteten in Erinnerung.

Erneut lässt Prikot anspannen. Er vollzieht das gleiche Ritual wie beim ersten Mal. Hastig bringt er die Worte hervor, als Sophie bei ihm in der Kutsche Platz genommen hat.

»Sophie, es wird Zeit. Die Erde fängt an zu beben. Doch bevor ich mich für längere Zeit zurückziehe, sollen Sie das Wichtigste vernehmen. Wer weiß, ob ich es danach noch kann. Auch wenn es jetzt nicht rechtens sein mag, Sophie, aber es geht nicht anders. So viel sollen Sie wissen. Mein Name ist Ernest. Einen Prikot hat es nie gegeben. Noch etwas dürfen Sie wissen. Marquis Virnes, wie er sich später nennen musste, ist in Wahrheit Marquis de Lafemme. Das, was von mir noch übrig ist, Sophie, das ist sein Bruder.«

Erschrocken legt Sophie die Hand auf den Mund.

»Es gäbe noch mehr zu sagen. Warum ich mir den Namen Prikot zugelegt habe. Nach Aussagen aller Beteiligten, die mir das angetan haben, lebe ich nicht mehr. Schon gar nicht als Marquis Ernest de Lafemme. Ihre Mutter, Sophie, hat mich gefunden und in Obhut genommen. Zu dieser Zeit gab es noch keine Sophie. Zu mehr gibt es im Augenblick keine Veranlassung. Ziehen

Sie alles in Ihre Vorhaben mit ein, dann finden Sie den richtigen Weg. Ich fahre Sie zurück. Wenn es mein Weg erlaubt, sehen wir uns wieder.«

So still, wie er gekommen ist, zieht sich Prikot wieder zurück. Er fiel einmal den Schergen der Bourbonen zum Opfer, erneut das zu erleben, wer verkraftet das schon. Ihm reicht das, was ihm angetan wurde.

Gelingt den Entrechteten der Umsturz, was hat Prikot dazu beigetragen? Nach Meinung der Unterlegenen, sofern es diese gibt, käme ohnehin nur er in Betracht. Mehr und mehr rotten sich die Entrechteten zusammen. Beginnt jetzt für die Bourbonen das, was man landläufig als Desaster bezeichnet?

Aus den anfänglichen kaum hörbaren Rufen werden laute Schreie der Forderungen. Wer stellt sich diesen? Die Hilflosigkeit der Regierenden wird mehr und mehr sichtbar. Nun werden Fragen ihrerseits laut. Wie konnte das geschehen? Die Antwort können sie sich selbst geben. Doch nur durch ihre Überheblichkeit und Verschwendungssucht. Wem alles gereicht wird, dessen er bedarf, wer sorgt sich schon, wenn es zu Andeutungen eines derartigen Aufstandes kommt. Den Entrechteten hingegen verleiht der Mut der Verzweiflung ungeahnte Kräfte.

Noch ist alles überschaubar, und das ist das nochmalige Zeichen für Prikot. Er spannt selbst die Pferde an. Dieses Mal verzichtet Prikot auf die Kutsche. Er nimmt den Leiterwagen. Dieser ist unauffälliger. Geheime Pfade gilt es zu nutzen, um nicht ungewollt in Tumulte zu geraten. Auf Umwegen erreicht Prikot sein Ziel. Was schert ihn jetzt sein Aussehen. Es geht um mehr als nur um ihn. Schon weit vor dem Chalet ruft er nach Sophie. Ankommen, die Pferde zum Stillstand bringen und zum Chalet eilen, all das hatte Prikot noch nie in so kurzer Zeit geschafft. Als sich ihm Cartalan in den Weg stellt, schiebt Prikot ihn zur Seite. Dann tritt auch schon Sophie aus dem Chalet.

»Sophie, rufe dein Gesinde zusammen, und rauf auf den Wagen, es drängt.«

Sophie wirft einen Blick zu Cartalan. Prikot bemerkt dies.

»Cartalan kann sich selbst helfen. Erinnere dich des Inhaltes des Dokumentes.«

Sophie ruft alle zusammen. Cartalan drängt seinerseits Marcel, sich Sophie anzuschließen. Erst als sie auf dem Wagen sitzen, kann Sophie etwas ruhiger atmen. Josefine drückt sich an Sophie. Prikot wendet sich Sophie zu.

»Was ist mit dem Dokument geschehen, Sophie?«

Sophie greift nach der Hand von Josefine.

»Auf Ihr Anraten hin habe ich es verbrannt.«

Prikot verzichtet jetzt auf förmliche Anreden.

»Du kennst den Inhalt, Sophie. Wie viel weiß Josefine darüber?«

»Nur das, was Cartalan und Rocheau ebenso bekannt ist.«

Prikot nickt. Diese Antwort ist beruhigend für ihn. Dies erleichtert ihnen den weiteren Weg. Die aufgebrachte Menge kümmert sich nicht um Namen oder dergleichen. Nur die Besserbekleideten sind ihre Opfer. Niemand vermag zu verstehen, zu welchen Schlussfolgerungen sie letztendlich kommen. Fällt ihnen bei der

Erstürmung des Chalets das Dokument in die Hände, ist alles möglich.

In langen Reihen ziehen die Entrechteten durchs Land. Prikot hält an, um die Menschenmassen vorbei zu lassen. Auch sie können zum Ziel werden. Prikot steigt deshalb vom Wagen und stellt sich ihnen entgegen. Seine schwarze Maske flößt ihnen Respekt ein. Scheue Blicke werden ihm von allen Seiten zugeworfen, an ihn jedoch heranzutreten, wagt sich niemand. Der Strom der aufgebrachten Menge ebbt etwas ab. Die Reihen lichten sich, so ist für sie der Weg frei. Sophie schlägt des Öfteren die Hände vor ihr Gesicht.

»Prikot, was hat das alles zu bedeuten?«

»Wenn es gegeben ist, Sophie, wirst du es erfahren. Bedenke nur eines. Den Entrechteten war es nie vergönnt, ein Leben in Zufriedenheit führen zu können. Geben und gehorchen, daraus bestand ihr Dasein. Wer nichts mehr geben wollte, sie konnten es doch längst nicht mehr, dem wurde das Letzte auch noch entrissen. Nun sehen sie die Stunde als gekommen an, anderen das angedeihen zu lassen, was ihnen zeitlebens angetan wurde. Sollten Unbescholtene mit darunter zu leiden haben, so ist das zwar nicht zu entschuldigen, wohl aber auch nicht zu vermeiden. Sie werden in dem Sog mitgezogen und erleiden so das gleiche Schicksal wie ihre Herrschaften. Wer so aufgebracht ist wie die Entrechteten, verliert rasch die Contenance. Ab jetzt gibt es kein Halten mehr.«

»Wie lange wird das anhalten?«

»Wie lange, Sophie? Erst wenn erreicht, wovon sie all die Jahre ferngehalten wurden. Das kann lange währen. Bereitet es dir Sorge?«

»Cartalan?«

»Cartalan ist ein Graf. Auch wenn er nicht zu den Bourbonen zugehörig anzusehen ist, er bleibt in der Bourgeoisie angesiedelt. Ob ihm Schonung zugestanden wird, ich wage weder das eine noch das andere zu bestätigen. Was sich wo zugetragen hat, wird erst dann so richtig offenkundig, wenn das Leben in ruhigere Bahnen zurückgekehrt ist. Noch stemmen sie sich den Entrechteten entgegen. Ihr Ruf dämmt den Fluss ein, schallt weit über das Land, vergessen aber wird von den Rufern, der, dem es gelingen könnte, findet sich nicht.«

Am Château Prikots angekommen, hilft Prikot Sophie vom Wagen herunter.

»Sophie, bemühe dich, Ruhe zu finden. Die Schuldigen erhalten ihre Strafe.«

Sophie deutet auf sein Gesicht. Prikot nickt.

»Das wäre Anlass genug für mich, meiner Rache freien Lauf zu lassen. Doch dies ist nicht meine Art. Ebenso wenig das, was jetzt vollzogen wird. Das Übel an der Wurzel packen, ja, bis hierher und nicht weiter. Je mehr der Zerstörung zum Opfer fällt, umso schwerer wird es für das Land, sich wieder zu erheben. Zu viele verfallen dem Wahn, auslöschen, was noch an sie erinnern könnte. Den Geschichteschreibern und Malern bleibt es dann vorbehalten, festzuhalten, was unwiederbringlich verloren.«

Eine Frage musste Sophie dann doch noch loswerden.

»Warum sollte das Personal das Chalet mit verlassen?«

»Hierzu gibt es mehrere Gründe, Sophie. Zum einen,

es ist dein Personal. Darüber hinaus gibt es zu beachten: Jeder, der in einem solchen Haus beschäftigt ist, wird in den Augen der Entrechteten mitschuldig. Obgleich es niemals so sein konnte. Die Hassgefühle, die von ihnen Besitz ergriffen haben, gehen weit über das Normale hinaus. Es trifft deswegen zu viele. Vielleicht steht Cartalan Fortuna zur Seite, und er bleibt in der Abgeschiedenheit in der Provence unbehelligt. Verlässt er aber das Chalet, wird er unweigerlich mit hineingezogen Hoffen wir mit ihm.«

Langsam findet das Land zur Ruhe. Die Besonnenheit einiger trägt Früchte. Das größte Ereignis jedoch will keiner verpassen.

Die Entrechteten reißen immer mehr Macht an sich. Stetig vermehren sie die Besetzung wichtiger Positionen, auf die es im Lande ankommt, zu ihren Gunsten. Wer kümmert sich schon darum, wie sie sich fühlen. Vielleicht haben sie die Wandlung, die das ganze Land überzieht, selbst noch nicht so richtig in sich aufgenommen. Das Staunen der Menge, worauf sie in ihrem Vormarsch stoßen, sollte sie zur Mäßigkeit verpflichten. Erhalten, was erhaltungswürdig bleibt. Doch sie, die Entrechteten, waren in den Augen der Herrschenden unwürdig, zu leben. Warum sollte gerade ihnen im Sterben Würde zuteilwerden. Sie, die Entrechteten, fühlen sich nicht zu Dank verpflichtet.

Dann ist es auch an Prikot, das Château zu verlassen, um sich in die Menge zu begeben. Sophie und Josefine begleiten Prikot. Das übrige Personal darf das Château nicht verlassen, zu unruhig ist das Leben im Lande. Zu aufgewühlt die Menge. Die Kutsche muss wiederum dem Wagen weichen. Abgrundtief ist noch immer die Abscheu der Unterdrückten gegen alles, was gut und teuer aussieht. Obgleich doch ihre Herrschaft längst erloschen. Was getan werden musste, wurde getan. So ist auch die Ansicht Prikots. Ermahnungen seinerseits an die Dynastie hat es zur Genüge gegeben. Weitere sind passé. Sophie drückt sich auf dem Wagen fest an Josefine, als sie von einer aufgebrachten Menge am Weiterfahren gehindert werden. Prikot tritt vom Wagen herunter und spricht ein paar deutliche Worte, daraufhin öffnet sich eine Gasse. Für Sophie ist das alles zu viel, sie will zurück.

»Ich kann das nicht mehr mitansehen, lass uns zurückfahren.«

Prikot nimmt Sophie bei der Hand, und sie gehen einige Schritte abseits.

»Sophie, versuche zu verstehen. Sie bekommen zurück, was sie selbst ausgeteilt haben. Sucht das Volk auch nicht die Bestrafung, dennoch ist es so. Sie führen sie dorthin, wo keinem mehr die Möglichkeit geboten, sich jemals wieder zu erheben. Sieh doch nur mein Gesicht.«

Prikot hebt die Maske etwas an.

»Auch das waren die Bourbonen, Sophie. Trotzdem beteilige ich mich nicht an dem, was jetzt geschieht. Warte ab, bis der Strom abebbt. Dann ist auch ihrer Rache Genüge getan.«

Sophie wirft noch einmal einen Blick auf die aufgebrachte Menge. Wagen um Wagen rollen an ihr vorbei. Plötzlich stockt ihr der Atem. Sie streckt den Arm aus. Prikot gelingt es in letzter Minute, seine Hand auf ihren

Mund zu legen. Auch Prikot erkannte Cartalan. Sophie war nahe daran, den Namen Cartalan hinauszuschreien. Leise, aber eindringlich flüstert Prikot ihr zu:

»Bring dich nicht selbst in allergrößte Gefahr.«

Ob Cartalan ihren Ruf überhaupt vernommen hätte? Kaum zu glauben bei dem, was diese Meute bei jedem Wagen, der mit Angehörigen der Bourgeoisie anrollt, vollbringt. Mit gesenktem Kopf steht Cartalan an den Händen gefesselt zwischen zwei Bewachern eingekeilt auf einem der Fuhrwerke. Sophie möchte sich am liebsten Cartalan anschließen. Prikot fühlt mit Sophie und führt sie mit Josefine hinweg. Eine verhärmte ältere Frau nähert sich ihnen. Prikot erkennt sie sofort und bedeutet ihr, auf den Wagen zu steigen. Sie setzt sich Sophie gegenüber. Was jetzt in der Frau vor sich geht, verspürt nur sie alleine. Kann sie jemals darüber sprechen? Wahrscheinlich nur, wenn sich das Leben zum Besseren hin wendet. Doch wann wird das sein? Was geschieht, sollten sich die Bourbonen doch wieder erheben? Die Zuversicht aber der Entrechteten, dass dies niemals mehr geschehen kann, ist ungebrochen.

Nach mehreren Unterbrechungen erreichen sie das Château von Prikot. Fragend sieht die ältere Frau Prikot an. Prikot versteht.

»Gebe Sophie Zeit. Sie hat viel zu überwinden. Danach kann Sophie das alles besser aufnehmen.«

Josefine kümmert sich derweil um Sophie. Auch ihre Gedanken kreisen um diese ältere Frau. Warum hat Prikot ausgerechnet sie mit ins Haus gebracht? Manchmal ja, mitunter nein, so ihre Gedanken. Sollte sie doch? Dann müsste es Sophie sofort erfahren.

›Gedulde dich, Josefine. Prikot weiß, was er tut.‹

Wohltuend wirkt sich die Ruhe, die das Château ausstrahlt, auf alle aus. Nichts zu vernehmen, was sich weitab ereignet. Nur die Ruhe und Besonnenheit, die jeder von sich selbst erhofft, stellt sich noch immer nicht ein. Im Château von Prikot dürfte daher noch einige Zeit verstreichen, bis dort etwas mehr an Normalität einkehrt. Jeder beschäftigt sich im Augenblick gerade mit dem, was ihm zufällt. Prikot hält es nicht mehr länger in dieser Stille. Es zieht ihn anderen Ortes. Von Rocheau gibt es auch seit geraumer Zeit kein Lebenszeichen.

Prikot verabschiedet sich von der älteren Frau.

»Möge doch der Spuk bald vorbei sein. Ich werde nicht lange bleiben.«

Die ältere Frau nickt.

Prikot verweilt auch nicht lange. Noch bevor die Sonne unterging, fand er sich im Château wieder ein. Niedergeschlagen über all das, was Prikot zu sehen bekam, berichtet er.

»Es ist, als sei ein Sturm über das Land hinweggezogen. Wie in Asche getaucht nimmt sich alles aus. Wer kann das richten?«

Die ältere Frau spricht ihre ersten Worte.

»Alles wird sich zum Guten wenden, Ernest.«

Nach endlos langer Zeit spricht sie diesen Namen wieder aus.

»Wie geht es Sophie, Ernest?«

»Langsam versiegen ihre Tränen.«

»Was führte dazu?«

»Cartalan.«

»Wer oder was ist Cartalan?«

»Graf Cartalan. Nach dem Tod von Julian stand das Chalet, zu dem es gemacht wurde, leer, und unter der Verwaltung der Bourbonen. Nur Sophie mit dem Personal harrte dort aus. Als Cartalan eine Bleibe suchte, wiesen sie ihm das Chalet zu. Soweit ich mich erinnere, halten die Bourbonen noch immer ihre Hand darauf. Zuvorderst der Anwalt Soucheau. Sophie wusste nie, was sie in Wahrheit darstellt. Als Cartalan dort einzog, verliebte sich Sophie in ihn. Dies wurde ganz offensichtlich, als sie beide gemeinsam bei mir zu Gast waren. Rocheau hat das arrangiert. Es brach Sophie fast das Herz, als sie mitansehen musste, wie Cartalan auf einem dieser Wagen weggebracht wurde. Ich konnte Sophie gerade noch zum Schweigen bringen. Dann tratest du zu uns. Es wäre auch nicht von Dauer gewesen. Nicht alleine wegen des Umsturzes, was alles zum Schweigen verdammt ist, kannst du von Sophie erfahren. Sofern es Julian schriftlich festgelegt hat. Sophie hat das Dokument, bevor wir das Chalet verließen, verbrannt. So kann niemand mehr etwas gegen Sophie unternehmen. Ich bin stolz auf Sophie, und du, Bernadette, kannst es auch sein. Sobald das Land zur Ruhe kommt, und keine Gefahr mehr besteht, breiten wir die ganze Wahrheit vor Sophie aus. Es kann nicht mehr lange währen.«

»Gebe es Gott, Ernest.«

»Dieses Château ist ein sicherer Ort, und nicht nur für Sophie. Zufriedenheit breitet sich in mir auch darüber aus, alle, die im Chalet von Julian tätig waren, hierher zu bringen. Hier ist ihnen ausreichend Sicherheit gegeben.«

Bewundernswert fand es Bernadette dann schon, dass

niemand hinter den Masken, ganz gleich welche Prikot auch immer trug, sowie hinter dem Namen Prikot Marquis Ernest de Lafemme vermutete, oder gar erkannte. Sophie sollte es daher auch baldigst erfahren.

Noch hat anderes, was es zu erledigen gibt, Vorrang. Hindernisse können sich dennoch ihm weiter in den Weg stellen. Doch was sein muss, muss eben sein.

Am frühen Morgen ruft Prikot Sophie zu sich.

»Wenn es dich fürchtet, Sophie, dann begleite mich nicht. Sollte es jedoch anders sein, dann treten wir gemeinsam den Weg an.«

»Was beabsichtigst du, Prikot?«

»Sophie, ich möchte zu einem sehr wichtigen Ort fahren, um zu sehen, ob wenigstens dieser verschont blieb.«

»Gibt es einen wichtigen Grund dafür?«

Prikot nickt nur.

»Wenn mein Beisein wünschenswert sei, so begleite ich dich.«

Um keine erneute Unruhe zu schüren, benutzt Prikot weiter den Leiterwagen. Sophie sieht Prikot erstaunt an.

»Die Kutsche wäre zu auffällig. Belassen wir es dabei.«

Noch mehr Verwunderung ruft in Sophie hervor, als Prikot das Gefährt zu den Grabstätten lenkt. Als sie dort ankommen, gibt es ein leichtes Aufatmen bei Prikot. Wenigstens ist das Tor weiter verschlossen. Nur kurz ist der Weg zum Aufseher. Unwillig hebt dieser den Kopf, als Prikot zu ihm tritt.

»Was begehrst du, Prikot?«

»Begleitest du mich, oder kann ich alleine gehen? Ich habe noch jemanden bei mir.«

Der Aufseher wirft Prikot den Schlüssel zu.

»Schließe nur wieder gut ab.«

Einer weiteren Frage bedarf es hier nicht. Prikot weiß alleine das Grab zu finden.

Auf dem Weg dorthin suchen seine Augen frisch aufgeschüttete Gräber. Nichts dergleichen ist auszumachen. Wann, so fragt sich Prikot, werden sie hierher gebracht? Vor allem, wie viele werden es sein? Angemessenen Schrittes nähern sie sich einem Grab. Schlicht ist es gestaltet. Nur ein kleines Kreuz mit dem Namen Julian de Lafemme schmückt das Grab. Sophie kann den Namen gerade noch entziffern, so angegriffen ist dieser schon.

»Warum gerade hier, Prikot?«

»Dies ist ein weiterer Stein in diesem Mosaik, Sophie. Julian war mein Bruder. Wie du ja schon weißt.«

»In dem Dokument stand, dass ein Marquis Virnes mein Vater sei. Wieso jetzt dieser Name?«

»Für die Öffentlichkeit war es besser so. Ich denke, du bist jetzt verständig genug, um der Wahrheit offen gegenüberzustehen.«

»Prikot. Es gibt weder ein Geburts- noch ein Sterbedatum von ihm. Warum?«

»Es sollte niemand erfahren, wie alt Julian war, als er starb. Auch mein Name ist ein erdachter. In Wahrheit lautet dieser Ernest. Nenne mich, wie du willst, Sophie. Sobald die Gräber frei zugänglich und nicht mehr Ziel der Entrechteten sind, legen wir es neu an.«

»Was geschieht jetzt weiter?«

»Wer vermag dies zum jetzigen Zeitpunkt beantworten, Sophie. Erst wenn der Hass sich gelegt, und die Verständigen alle anderen zur Ordnung rufen, kann es sich ergeben. Zur Ruhe aber kommt alles erst, wenn dem Gesetz der Straße Genüge getan. Ziehen wir uns zurück, bevor noch andere auf uns aufmerksam werden. Die Gelüste der Entrechteten rufen noch lange nach Vergeltung. Doch hier dürfen sie ihr Unwesen nicht treiben.«

Bevor sie die Grabstätten verlassen, vergewissert sich Prikot, ob die Straße auch wirklich menschenleer ist. Erst als diese Sicherheit gegeben, ruft er Sophie.

Noch immer fällt es Sophie schwer, das alles zu verstehen. Wie soll sie all die Namen, Virnes, Ernest, Prikot, Julian de Lafemme, einordnen? Vor allem, was hat es mit den Brüdern de Lafemme für eine Bewandtnis? Verbarg sich hinter Virnes Julian de Lafemme und hinter Prikot Ernest de Lafemme? Sicher ist nur, das vorherige Château, das zu einem Chalet verkleinert wurde, in dem sie bis zum Aufstand ihren Dienst versah, gehörte einem Marquis. Warum gab es eine andere Namensgebung? Wann beendet Prikot das Verwirrspiel?

Auf der Rückfahrt betrachtet Prikot Sophie. Er spürt den Drang in ihr, endlich Gewissheit zu erlangen.

»Sophie. Darf ich fragen, wohin dich deine Gedanken führen?«

»Wohin, Prikot? Noch kann ich keinen anderen Namen aussprechen. Was liegt dem hier alles zugrunde? Wer um alles in der Welt ist de Lafemme?«

»Wenn dies alles für dich unverständlich bleibt, so gehe ich davon aus, dass Virnes in diesem Dokument nichts über die Zerwürfnisse, die es mit den Bourbonen gab, dargelegt hat. Tadel uns, Sophie, dass wir uns so lange in Schweigen gehüllt haben. Doch das Wahre, das nun ansteht darzulegen, wird auch in dir die Einsicht reifen lassen, es war so das Beste. Gedulde dich noch etwas, dann wird alles vor dir ausgebreitet.«

Erdrückend die Stille im Château. Wie weit reicht die Erinnerung in Sophie zurück? Allein schon wegen der älteren Frau, die nun nicht mehr von der Seite Sophies weichen kann. Wo jetzt beginnen? Wie wird das alles Sophie aufnehmen? Aufnehmen, ohne verletzt zu sein? Bernadette, die ältere Frau, lässt Ernest den Vortritt. Er hat die bessere Einsicht in das, was um und mit seinem Bruder geschah. Ernest beginnt auch sogleich damit.

»Sophie. Woran vermagst du dich noch zu erinnern?«

»Es ist nicht viel. Als ich begann, lesen und schreiben zu lernen, war das für mich eine heile Welt. Es änderte sich auch nicht, als meine Ziehamme nicht mehr gebraucht und mir aufgetragen wurde, mich im Château nützlich zu machen. Es gefiel mir sogar, das gleiche Leben zu führen wie die Dienstboten. Zum Marquis sagte ich auch nie Papa. Noch zu Lebzeiten des Marquis wurde ein Flügel nach dem anderen geräumt. Es sei nicht mehr nötig, diese Räume noch weiter zu benutzen. Nach seinem Tod verfiel es mehr und mehr. Es gab auch keine große Trauerfeier im mittlerweile heruntergekommenen Château. Niemand von uns durfte seinen Sarg begleiten. Vier Männer in Schwarz holten ihn ab. Was weiter geschah, blieb uns verborgen. Ebenso wie es im Chalet weitergehen soll. Uns wurde nur angetragen zu bleiben, es wird ein neuer Herr Einzug halten. Es kümmerte uns dann auch nicht mehr. Dann trat Cartalan mit seinem Diener Marcel in unser Leben. Er stellte sich auch nur kurz vor, er sei Graf und nun Herr über diesen Besitz. Was wir zu tun hätten, nur seinen Anweisungen zu folgen. Zuerst befürchteten wir, er sei bestimmt streng. Doch dem war nicht so. Unser Argwohn ihm gegenüber verflüchtigte sich rasch. Meine Zuneigung zu ihm kam mit jedem Tag stärker über mich. Auch wenn ich mich noch so sehr dagegen wehrte, den Boden unter den Füßen nicht zu verlieren, geschah es dann doch. Ob Graf Cartalan gewahr wurde, dass ich lesen und schreiben konnte, zu diesem Zeitpunkt war es mir noch nicht klar. Wenngleich er auch nie mit mir darüber sprach, so bildete ich mir ein, er weiß es. Ich hatte es mir sehnlichst erwünscht, denn dadurch erhoffte ich mir mehr Anerkennung von ihm. Dann trat auch noch Rocheau in unser Dasein. Ob Rocheau Cartalan abriet, sich näher mit mir zu beschäftigen, auch darüber vermag ich nichts zu sagen. Nach dem Diner bei dir, Prikot, gab mir der Graf zu verstehen, sollte es wirklich dazu kommen, und wir würden aufeinander eingehen, so wäre dies ohnehin nur eine Liaison auf Zeit. Sie hätte keinen festen Bestand. Wie weh mir Cartalan damit tat, wird wohl jeder verstehen. So oft sich die Bilder, Cartalan auf dem Wagen, wiederholen, so oft vermag ich meinen Tränen nicht mehr Herr zu werden. Welche Bedeutung misst du dem allem bei?«

»Die Erinnerung an Cartalan, Sophie, wird sich noch lange in dein Leben drängen. Sie verblasst mit der Zeit. Dennoch ganz auszulöschen dürfte diese wohl nicht sein. Dein Leben beginnt neu, Sophie. Vieler Jahre wird es bedürfen, um das zu verstehen. Bedenke eines, Sophie. Hast du auch eine Liebe verloren, doch dafür das Leben gewonnen. Dich umgibt jetzt eine Sicherheit, die hoffentlich alles überdauert.«

»Du sprichst auch das Wort Hoffnung aus. Wenn jeder nur hoffen darf, was bedeutet dann Sicherheit?«

»Greifen wir den Ereignissen nicht voraus. Vertrauen wir darauf, dass sich solche Geschehnisse nicht noch einmal wiederholen.«

»Was war daran so verkehrt, dass es dazu kam?«

»Danke allen deinen Schutzengeln, dass du davon weitestgehend verschont geblieben bist. Wenn du so willst, Sophie, treten wir mit unserem Gespräch ein in das, was an Grausamkeiten kaum noch zu überbieten ist. Vielleicht verstehst du dann besser, dass es diese Zeit nicht mehr geben darf. Der Hof mit seinem Gefolge, allesamt nur Bourbonen, nahm dem Volk ab, wessen sie habhaft wurden. Gab es magere Zeiten, weil das Korn auf den Feldern verdarb, so musste die Bauernschaft ihr Vieh abgeben, und das alles nur, damit Seine Majestät der König seinem Lebensstil treu bleiben konnte. Was aus den Menschen wurde, scherte niemanden. Es hieß immer nur, die kommen schon zurecht. Mein Bruder Julian wollte dem Einhalt gebieten. Zuerst beließen sie es bei Ermahnungen. Keine Aufweichung ihrer Bestimmungen. Abtrünnige unter den Bourbonen waren undenkbar. Julian wollte und konnte auch nicht mehr nachgeben. Des Nachts drangen Schergen der Bourbonen in unser Château ein. Es hatte, wie du ja weißt, eine stattlichere Größe als jene, die es heute aufweist. Sie sollten nur eine Notiz hinterlassen, in der stand, einen

Marquis de Lafemme gibt es nicht mehr. Julian sollte auf alles verzichten. Julian zeriss diese Notiz und warf sie ihnen vor die Füße. Daraufhin drangen sie auf Julian ein. Ich stellte mich vor Julian. So verschleppten sie mich. Was sie anrichteten, du siehst es. Als sie glaubten, ich hätte mit dem Leben abgeschlossen, ließen sie mich liegen. Wie lange ich so lag, ich weiß es nicht. Die Sonne stand hoch am Himmel, als ich erwachte. Es war dann schon mehr ein Sichschleppen als sich Vorwärtsbewegen. Dann gewahrte ich einen großen Platz mit vielen Menschen. Als sie mich sahen, liefen einige auf mich zu und halfen mir.«

Hier stockte Ernest etwas. Sophie sah Ernest an. Verlegen blickte dieser auf Bernadette. Sie ermunterte Ernest mit einem Kopfnicken.

»Bernadette, die jetzt unter uns weilt, pflegte mich bei den Entrechteten. Als es mir besser ging, ermunterte ich Bernadette, mit zum Château zu kommen. Die Masken, die ich trage, wurden von den Entrechteten angefertigt. Mein Bruder hat Bernadette sogleich aufgenommen und ihr angetragen, mich weiter zu pflegen. Was dann geschah, Sophie, trifft wohl alle jungen Menschen. Wir haben uns verliebt. Als mir Bernadette eröffnete, sie trägt ein Kind in sich, veränderte sich alles. Julian nahm sofort den Namen Virnes an. Über mich gab es eine Todesnachricht. Zugleich bekannte sich Julian zu dem Kind. Das alles nur, um von weiteren Drangsalierungen der Bourbonen verschont zu bleiben. Nun kennst du die volle Wahrheit. Deine wahrhaftigen Eltern sitzen vor dir. Wundere dich nicht über das Aussehen deiner Muter. Sie hatte kein schönes Leben. Als ich Bernadette kennenlernte, war sie so jung und schön wie du jetzt. Einige Zeit konnte Bernadette noch bei uns bleiben, dann war es angeraten, das Châtcau zu verlassen. Auch wenn Julian, von mir ganz zu schweigen, nicht mehr den Bourbonen zugehörig war, dennoch übten sie weiter Macht über uns aus. Das Dasein als Entrechteter lässt jeden Menschen rasch verblühen. Behalte deine Zeit im Chalet in Erinnerung, schere dich auch nicht um das, was im Augenblick noch vor sich geht. Überlege, ob du je wieder dorthin zurückkehren willst. Trotz aller Geschehnisse, die auch in dir Wunden geschlagen haben. Was weiterhin sein wird, überlassen wir jenen, die der Gerechtigkeit den Vorzug geben. Noch etwas. Warum aus dem Château ein Chalet wurde, hat mein Bruder noch veranlasst. Es durfte nicht mehr die Größe eines der Bourbonen aufweisen. Ich werde Marcel mitnehmen, um nachzusehen, ob es nicht doch der Feuersbrunst zum Opfer gefallen ist. Nach Sonnenaufgang begeben wir uns auf den Weg. Ich lese in deinen Augen, Sophie, du würdest gerne dabei sein. Wenn dich deine Liebe zu Cartalan nicht übermannt? Dennoch bitte ich dich noch, etwas an Geduld aufzubringen. Es könnte sonst nur noch mehr an Unfrieden in dir hervorrufen. Schließt sich auch eine Tür, dafür öffnet sich eine andere.«

Nun bleibt es Sophie vorbehalten, welchen Weg zu gehen sie sich vornimmt. Wie tief hat sie das Geständnis von Ernest getroffen? Sie, die doch von alldem, was sich im Lande zutrug, erst zum Ende hin zu sehen bekam? Sophie geht auf Bernadette zu und nimmt sie in den Arm. Solche Gesten drücken mehr aus, als es Worte zu tun vermögen.

Die Kerzen sind erloschen. Nur die Öllampe spendet noch etwas Licht. Zeit, sich zurückzuziehen. Auch wenn niemand von ihnen in den Schlaf findet. Auf eines ist Ernest an diesem Abend nicht eingegangen.

Etwas missgelaunt ist Marcel schon, als er die Pferde anspannt. Ernest sieht ihm das an. Wie könnte dies auch anders sein. Vermisst er doch seine bunte, mit Goldknöpfen verzierte Uniform. Die langen Beinkleider mit den schönen Streifen an den Seiten. Dies alles muss er jetzt eintauschen gegen Allerweltskleidung. Marcel deutet auf seine Ausstattung, als ihn Ernest fragend ansieht.

»Deshalb also die schlechte Laune.«

Marcel nimmt es notgedrungen hin.

»Wenn es denn sein muss, dann ist es eben so.«

»Recht tust du daran, Marcel.«

Dieses Lob stimmt ihn dann doch etwas freundlicher. Viel braucht ihm Ernest nicht mehr zu erklären.

»Du kennst ja den Weg, Marcel.«

Unberührt hier draußen die Landschaft. Allein die Natur treibt hier ihr Spiel. Vielleicht fehlte es den Entrechteten nur an Zeit, diese weitab gelegenen Chalets zu erstürmen. Wer dort Zuflucht fand, bleibt zumindest noch verschont. Die Entrechteten begaben sich dorthin, wo es das zu finden gab, wonach es sie am meisten dürstete. Diente ihre Jagd vorher in der Hauptsache dazu, vorwiegend den Hunger zu stillen, jetzt heißt es, dafür jene zur Rechenschaft zu ziehen, die ihnen bislang ein freies Leben verwehrten. Deren Speisekammern waren stets gut gefüllt, im Vergleich zu den ihrigen.

Der erste Blick bestätigt Ernest seine Vermutung. Die Wege sind vom Gras überwuchert. Der Staub, den der Wind aufwühlte, ließ sich anderswo wieder nieder. Das war es dann auch schon. Einer Rückkehr von Sophie, sofern sie es anstrebt, steht nichts mehr im Wege.

Marcel kommt nicht davon ab, Ernest doch eine Frage zu stellen.

»Kommt der Graf wieder?«

»Nein, Marcel.«

»Wer wird das Château nun in Anspruch nehmen?«

»Deine Herrin ist in Zukunft Sophie.«

»Sophie?«, entfährt es Marcel.

»Ja Sophie.«

Verlegen blickt Marcel Ernest an.

»Dann muss ich Sophie etwas gestehen. Ich wusste immer, dass Sophie lesen und schreiben kann. Die anderen nicht. Wer hat ihr das beigebracht?«

Ernest geht auf die Frage von Marcel nicht ein, stattdessen stellt er eine.

»Du bist mit Cartalan hierhergekommen?«

»Ja. Schon mein Vater diente in der Familie. Als der Graf auswanderte, schloss ich mich ihm an.«

Ernest legt die Hand auf die Schulter von Marcel.

»Marcel, sei stolz, dass du für Sophie Sorge tragen darfst.«

»Ob ich das auch vollbringe?«

»Hege keinen Zweifel daran, Marcel.«

Beruhigend nimmt sich die Rückfahrt für Ernest aus. Auch wenn noch vieles offenbleibt, denkbar jedoch wäre eine Rückkehr von Sophie.

Voller Ungeduld werden sie zu Hause erwartet. Kurz nur ist das, was Ernest zu berichten hat.

»Dem Chalet wurde kein Schaden zugefügt. Etwas an Zeit für die Instandsetzung ist wohl nötig. Dies jedoch lässt sich leicht bewerkstelligen. Was mich mehr sorgt, wie, Sophie, nimmst du es auf, wieder dorthin zurückzukehren?«

Sophie tritt zu Ernest und Bernadette.

»Es wird sich kaum vermeiden lassen, Sophie. Sobald du das Chalet betrittst, werden Erinnerungen über dich hereinbrechen. Vermagst du diese zu bewältigen? Es ist leicht gesagt, denke nicht zurück, richte deinen Blick nach vorne. Sollte dich Bernadette begleiten, so wäre das ein zusätzlicher Halt für dich. Josefine, da bin ich mir sicher, wird dir auch den Rücken stärken. Doch in deinen Träumen wird vieles wiederkehren.«

»Was wird mit Cartalan geschehen?«

Ernest kann hier Sophie nur ausweichend antworten.

»Ich weiß, Sophie, dass gerade diese Frage dir sehr am Herzen liegt. Bedenke eines. Der Zorn der Entrechteten hat alle, ob schuldig oder nicht, mit voller Härte getroffen. Hier zählt nur eines, keiner darf sich jemals wieder über sie erheben. Viele Tote wurden einfach zurückgelassen. Sie blieben liegen, wo sie zu Tode kamen. Sollen sich doch andere darum kümmern. Verdient hätte es dennoch jeder, auch wenn er sich zeitlebens im Bösen beheimatet fühlte, wenigstens im Tode ein würdiges Grab zugesprochen zu bekommen, damit jeder, dem es danach ist, seiner gedenken kann. Es wäre aber nicht rechtens, wenn du dich hier mitschuldig fühlen würdest. Beachte wie sich das Land aufstellt. Das Bemühen der Verantwortlichen gilt vorrangig den Lebenden. Sonst versinkt das Land noch mehr im Unheil. Es gibt nicht viel, was ich als guten Rat an dich ansehen könnte. Ein rasches Erheben wird es nicht geben. Doch vieles lässt sich wieder richten. Nur erwarte es nicht zu früh, Sophie. Der Hunger, der noch überall herrscht, nimmt noch einige mit sich. Auch das bewegt. Wäge Für und Wider ab, nur so behältst du deine Aufrichtigkeit und bescherst deiner Seele Frieden. Wer sich nie vollends vom Hass befreit, wird ewig als Wanderer im Dunkel einher-schreiten. Um Vergebung müssen andere ersuchen, aber niemals du oder Bernadette. Bewahre dir etwas Glück in deinem Herzen, damit es sich wieder vermehrt. Wir alle werden vom Leben geprägt, nur wie damit umzugehen, entscheidet jeder für sich alleine. Vergrabe dich nicht im Vergangenen. Es lässt sich nicht mehr auslöschen.«

Eine unsagbare Stille herrschte im Raum, nach den Worten Ernests. So als wäre niemand anwesend. Ernest schreitet zum Fenster. Seine Gedanken sind bei seinem Bruder, seiner ganzen Familie. Reichtum und Ansehen ward ihnen einst beschert. Was ist davon noch geblie-ben? Gebrandmarkt er, für sein ganzes Leben. Und wo-für? Es hätte niemand bedurft, umzukehren. Ihnen, die nicht genug bekamen, etwas mehr Einhalt zu gebieten, hätte ausgereicht. Doch nicht einmal dazu waren sie bereit.

Bernadette geht auf Ernest zu. Schweigend liegen sie sich in den Armen. Bernadette kann nicht mehr an sich halten.

»Viele Jahre konnten wir uns nicht nahe sein, Ernest. Jetzt, da es geschieht, sollten wir dort weitermachen, wo uns das Schicksal zwang, getrennte Wege gehen zu müssen.«

»Bernadette, sieh in mein Gesicht.«

»War es damals anders? Auch ich bin älter geworden. Was ist von meiner einstigen Schönheit geblieben?«

»Dein Abbild lebt in Sophie weiter.«

Alle Blicke richten sich auf Sophie. Langsam löst sich die angespannte Haltung aller Beteiligten. Bernadette schreitet auf Sophie zu.

»Wie viel an Zeit du auch immer hierfür bedarfst, um zu verarbeiten, was Ernest gesagt hat, Sophie, nehme sie dir. Welchen Orts du dich befindest, hat nur wenig zu bedeuten. Wir alle müssen annehmen, was uns aufgetragen. Bleiben wir dennoch geduldig, auch wenn das Leben nicht mehr das werden wird, was es einmal war. Etwas kann davon immer zurückkehren.«

Sophie erhebt sich.

»Ich begebe mich zur Ruhe, auch wenn ich keinen Schlaf zu finden vermag. Wann und ob ich mich zur Rückkehr entschließe, ich weiß es nicht.«

An Ernest gewandt:

»Ich hoffe, du verzeihst, dass ich nicht sofort aufbrechen kann. Beherberge mich noch einige Zeit, ich wäre dir sehr dankbar dafür.«

»Dankbarkeit bedarf es hierfür nicht, Sophie. Wir alle müssen lernen zu verstehen.«

Jeder versucht auf seine Weise, in den Schlaf zu finden.

Einige Tage ziehen noch ins Land, dann reift in Sophie der Entschluss, zurückzukehren. Ernest bemüht sich nach besten Kräften, für Speis und Trank zu sorgen. Nur selten kommt ihm ein Wort, wie es draußen aussieht, über die Lippen. Die versammlungsgebende Gesellschaft bemüht sich, das aufgebrachte Volk zur Räson zu bringen. Schwer genug bleibt es. Doch mit jedem Tag, der ins Land zieht, wird es stiller um sie herum.

Niemand hat noch damit gerechnet, dann läuten im ganzen Land die Glocken. Bis in den hintersten Winkel des Landes ist ihr Klang zu vernehmen. Jeder strömt aus dem Haus. Überall ertönt es, möge der Friede dem Lande erhalten bleiben.

Wie viele Jahre sind seither ins Land gezogen? Gab es auch Verbesserungen, unberührt blieb dennoch von dem, was hinter ihnen lag, niemand. Missachtung, Anfeindungen bis hin zu Verfolgungen, mögen diese auch der Vergangenheit angehören, doch Vertrauen in das Neue lässt sich nur schwer erreichen. Erzwingen schon gar nicht.

Auch Sophie vermisst das eine oder andere. Ernest versucht, ihr die Wehmut zu zerstreuen.

»Sophie. Erwarte nach all den Jahren keine Renaissance. Eine solche wird es nie mehr geben. Nicht nur, dass die Vergehen an dem Volk zu zahlreich waren, derer sich die Herrschenden schuldig gemacht haben, es liegt eine lange Zeit der Hoffnung hinter uns. Noch immer ist den Menschen nicht das zurückgegeben, was ihnen genommen wurde. Auch das bedarf seiner Zeit. Fragen werden aufgeworfen. Wer muss verzichten? Wem kann was anvertraut werden? Was ich als Wichtigstes ansehe, wie kann sich das Land selbst schützen? Pflege, was du als erhaltenswert empfindest. Wir, deine Eltern, werden dies wohl nicht mehr erleben dürfen. Doch du kannst ohne Sorge dem frönen, was dich umgibt. Später, wenn du in unserem Alter dich befindest, erwartet dich dann das, was da heißt Nostalgie. Ein Mehr an Achtung wird wohl nur dem beschieden, der nie ein Hehl aus seiner Armut machte. Wie schwer auch immer diese Zeit zu überstehen war, ihrer Bescheidenheit bleibt es zu verdanken, dass sie sich nicht wie so viele vom Sog der Vergeltung mit hinwegschwemmen ließen. Was dir wieder zurückgegeben wird, bleibt eine Entscheidung der gesetzgebenden Versammlung. Akzeptiere ihre Entscheidung, wie immer diese auch ausgehen möge. Sollte dir Titel und Stand aberkannt werden, setze dies nicht gleich mit Vergeltung. Es dient der Gleichheit. Nur wer eine solche anstrebt, wird seinen Platz in dem Gewirr, das noch immer herrscht, finden. Auch du, Sophie, verfügst über einen festen Platz in dieser Gesellschaft. Schließe dich nicht aus von dem, was dir geboten. Die Erde steht nicht still. Jede Epoche hat ihre eigenen Gesetze. Du bildest eine Säule in der neuen Ära, Sophie, Nutze sie.«

Ein größerer Wunsch als den, den Ernest aussprach, sollte sich dieser dann auch noch erfüllen, kann wohl keinem mehr zuteilwerden.

ENDE